# 나는 나를 파괴할 권리가 있다

KB005760

김영하

장편소설

복복서가

# 차례

# 1. 마라의 죽음

1793년에 제작된 다비드의 유화 〈마라의 죽음〉을 본다. 욕조 속에서 피살된 자코뱅 혁명가 장 폴 마라의 모습이 그려져 있다. 머리에는 터번처럼 생긴 수건을 두르고 있고 욕조 밖으로 늘어뜨려진 손은 펜을 쥐고 있다. 흰색과 청색 사이에 마라가 피를 흘리며 절명해 있다. 작품 전체의 분위기는 차분하고 정적이다. 어디선가 레퀴엠이 들려오고 있는 것만 같다. 그를 찌른 칼은 화면 아래쪽에 배치되어 있다.

나는 이미 여러 차례 그 그림을 모사해보았다. 가장 어려운 부분은 마라의 표정이다. 내가 그린 마라는 너무 편안해 보여서 문제다. 다비드의 마라에게선 불의의 기습을 당한 젊은 혁명가의 억울함도, 세상 번뇌에서 벗어난 자의 후련함도 보이지 않는다. 다비드의 마라는 편안하면서 고통스럽고 증오하면서도 이해한다. 한 인간의 내부에서 대립하는 이 모든 감정들을 다비드는 죽은 자의 표정을 통해 구현했던 것이다. 이 그림을 처음 보는 사람의 시선은 가장 먼저 마라의 얼굴에 머문다. 표정은 아무것도 말해주지 않는다. 그리하여 시선은 크게 두 방향으로 움직인다. 한쪽 손에 들린 편지로 시선이 옮겨지거나 아니면 욕조 밖으로 비어져나와 늘어진 다른 팔을 따라간다. 죽은 마라는 편지와 펜, 이 두 사물을 놓치지 않고 있다. 거짓 편지를 핑계로 접근한 암살자는 답장을 쓰려던 마라의 가슴에 칼을 꽂았다. 마라가 끝까지 움켜쥔 펜이 차분하고 고요한 이 그림에 긴장을 부여한다. 다비드는 멋지다. 격정이 격정을 만드는 것은 아니다. 건조하고 냉정할 것. 이것은 예술가의 지상 덕목이다.

마라의 암살자 샤를로트 코르데는 단두대에서 생을 마감했다. 지롱드 당의 청년 당원이었던 샤를로트 코르데는 자코뱅의 마라를 제거하기로 결심하고 그를 찾아가 살해하였다. 1793년 7월 13일의 일이었고 그때 그녀의 나이 스물다섯이었다. 사건 직후 체포된 확신범 코르데는 나흘 만인 7월 17일 목이 잘렸다.

자코뱅 당의 거두였던 마라가 죽은 후, 로베스피에르의 공포정치가 시작된다. 다비드는 자코뱅의 미학을 알고 있었다. 공포라는 연료 없이 혁명은 굴러가지 않는다. 시간이 흐르면 그 관계가 뒤집힌다. 공포를 위해 혁명이 굴러가기 시작하는 것이다. 그 공포를 창출하는 자는 초연해야 한다. 자신이 유포한 공포의 에너지가 종국엔 그 자신마저 집어삼킬 수 있다는 사실을 인지하고 있어야 한다. 로베스피에르는 결국 기요틴에 의해 목이 잘렸다.

화집을 덮고 일어나 목욕을 했다. 작업을 하는 날이면 반드시 몸을 청결히 해야 한다. 목욕을 끝내고 면도를 산뜻하게 하고 난 다음에 나는 도서관에 간다. 도서관에서 나는 여러 가지 일을 한다. 의뢰인을 찾고 자료를 검색한다. 이 일은 길고 지루하지만 참아내야 한다. 한 달이 걸릴 수도 때론 반년이 걸릴 수도 있다. 그러나 의뢰인만 찾아낸다면 반년 정도는 그럭저럭 살아갈 수 있으므로 나는 검색 기간에 그리 구애받지 않는다.

도서관에서는 주로 역사책이나 여행안내서를 읽는다. 일을 끝내고 돈을 받으면 나는 여행을 떠난다. 여행안내책자들은 복잡한 사실들을 간단하고 명쾌하게 축약해놓는다. 한 도시에는 수십만 개의 인생이 있고 수백 년의 역사가 있고, 인생과 역사가 교직하면서 만들어온 흔적이 있다. 그 모든 것을 여행안내책자들은 단 몇 줄로 줄여버린다. 이를테면 파리에 대한 소개는 이렇게 시작한다. "파리는 세속적인 곳이라기보다는 종교적 정치적 예술적 자유의 성지이고 그 자유를 알리는 외침이거나 그것에 대한 숨은 바람이다. 파리는 19세기의 뛰어난 도시계획의 산물이지만 파리의 음악과 예술, 극장이 그러한 것처럼 건축물도 중세풍에서부터 아방가르드적인 것, 아방가르드를 넘어서는 것까지 다양한 양식의 건물이 어우러져 있다. 역사와 새로움, 문화와 문명 그 자체의 자기 인식인 파리가 이 세상에 존재하지 않았다면 우리 모두가 그것을 창조해냈을 것이다."

파리에 대해서는 이 정도면 충분하다. 이런 까닭에 나는 여행안내서 읽기를 즐긴다. 역사서도 마찬가지다. 압축할 줄 모르는 자들은 뻔뻔하다. 자신의 너저분한 인생을 하릴없이 연장해가는 자들도 그러하다. 압축의 미학을 모르는 자들은 삶의 비의를 결코 알지 못하고 죽는다.

나는 파리로 갈 것이다. 그곳에서 헨리 밀러나 오스카 와일드의 글을 읽거나 아니면 루브르에서 앵그르나 모사하면서 세월을 보내리라. 여행을 떠난 후에도 여행책자를 읽는 사람은 지루한 사람일 것이다. 나는 여행을 떠난 후에는 소설을 읽는다. 대신 이 도시에서는 소설을 읽지 않는다. 소설은 삶의 잉여에 적합한 양식이다.

도서관에서 나는 잡지류를 먼저 뒤적인다. 기사 중에서 가장 흥미있게 찾아보는 것은 인터뷰류다. 운이 좋다면 그중에서 나의 고객을 찾아낼 수 있다. 대중적이고 저열한 감수성에 물든 기자들은 내 잠재 고객의 성향을 행간에 감추어버린다. 그들은 '누군가를 죽이고 싶은 충동을 느껴본 적은 없나요?' 같은 질문을 절대로 던지지 않는다. 당연하게 '피를 보면 어떤 느낌이 드나요?' 따위의 질문도 하지 않는다. 다비드나 들라크루아의 그림을 보여주면서 그 감상을 묻지도 않을 것이다. 그래서 인터뷰는 인생에 대한 아무 의미 없는 언급들로 가득 차게 된다. 그러나 나를 속일 수는 없다. 나는 그들이 의미 없이 내뱉는 말 속에서 가능성의 단초를 발견할 수 있다. 그들이 즐겨 듣는 음악, 언뜻언뜻 내비치는 가족사, 감명깊었다던 책, 좋아하는 화가 등에서 그 실마리를 찾아내고야 만다. 사람들은 알게 모르게 내면의 충동을 드러내고 싶어한다. 그들은 나 같은 사람을 기다리고 있는 것이다.

예를 들자면, 언젠가 한 고객은 고흐를 좋아한다고 내게 말했다. 나는 그녀에게 고흐의 풍경화와 자화상 중에서 어느 쪽을 좋아하느냐고 물었다. 고객은 머뭇거리더니 자화상이 더 좋다고 말했다. 고흐의 자화상에 탐닉하는 자들을 나는 유심히 바라본다. 그는 고독한 사람이다. 자신의 내면을 한 번이라도 들여다본 사람이다. 그리고 그 경험이 고통스러우면서도 내밀한 쾌감이라는 것을 아는 사람이다. 물론 고독한 자들이 모두 내 고객이 될 수 있는 것은 아니다.

잡지를 정독한 뒤에는 신문을 들춰본다. 신문에서는 부고 기사부터 구인 광고(특히 특정인을 찾는 광고)까지 꼼꼼하게 검색한다. 경제면도 유심히 봐야 한다. 갑자기 융성했던 회사가 최근 부도 위기에 처했다는 기사 따위에 나는 주목한다. 주식 가격의 등락도 놓칠 수 없다. 주식은 가장 먼저 움직이기 때문이다. 문화면에서는 최근 미술계의 전시 경향, 유행하는 음악을 중심으로 살펴본다. 새로 나온 책도 물론 관심사다. 이런 작업은 내 잠재 고객의 성향을 파악하는 데 도움을 준다. 그들이 좋아하는 음악과 그림, 그들이 최근에 읽었을 책들에 대한 내 사전 지식은 대화를 원활하게 만들어준다.

도서관을 나온 뒤에는 화랑가에 들러서 그림을 보기도 하고 대형 음반가게에 들러 몇 장의 CD를 사기도 한다. 운이 좋으면 그림을 보러온 관람객 중에서 고객을 만나는 경우도 있다. 토요일 오후에 시계를 들여다보는 일도 없이 천천히, 아주 천천히 그림 보는 일에 열중하는 사람들을 나는 주시한다. 그들은 갈 데가 없는 것이다.

그들은 만날 사람도 만나야 할 사람도 없다. 그리고 그들이 오랫동안 발길을 멈추게 되는 그림은 은연중에 그들 자신의 욕망을 드러내준다.

저녁이 되면 나는 도심의 허름한 빌딩 칠층에 자리잡은 사무실로 향한다. 사무실에는 전화와 책상, 컴퓨터 말고는 아무것도 없다. 나는 이곳에서 어느 누구도 만나지 않는다. 월세는 꼬박꼬박 홈뱅킹을 통해 계좌이체하기 때문에 빌딩 주인조차 만나게 되질 않는 것이다. 사무실에 도착하면 자리에 앉아 전화를 기다린다. 새벽 한시까지 나는 약 스무 통 정도의 전화를 받는다. 그들은 광고를 보고 내게 전화를 한다. '당신의 고민을 들어드립니다.' 이들은 이 단순한 글귀를 보고 밤이 되길 기다렸다가 전화를 거는 것이다. 친족 성폭력의 피해자부터 입대를 앞둔 동성애자, 배우자 몰래 정을 통하는 여자, 남편에게 맞는 여자까지 다양한 번뇌를 가진 이들과 나는 새벽 한시까지 이야기를 나눈다. 낮에 도서관이나 서점, 인사동 화랑가에서 만나지 못하는 이야기들을 밤에 들을 수 있기에 이 시간이야말로 고객을 훨씬 쉽게 구할 수 있는 경로가 된다.

나는 몇 마디만 나누어보면 상대방의 학력, 취향, 경제력 등을 파악할 수 있다. 이런 자료를 토대로 나는 나의 잠재 고객을 선별한다. 고객을 선택할 수 있다는 건 내게 매우 중요하다.

그러나 문제가 있기는 하다. 어쨌든 누군가와 대화를 하려는 의지가 남아 있다는 건 아직 내 고객이 될 만큼 충분히 절망하지 않았다는 뜻이기도 하다. 그래서 나는 그들의 얘기를 무작정 들어주기만

하는, 그러나 아무런 대안도 제시하지 못하는 일반 상담자들과 다른 방식을 택한다. 나는 그들을 파악하는 데 충분할 정도만 그들의 말을 들어준 후에 적극적으로 내 견해를 제시한다. 아버지가 밤마다 강간하고 때린다는 소녀에게 평범한 상담자들은 다른 사회단체에 도움을 요청하거나 경찰에 아버지를 고발하라고 말한다. 그들은 본질을 외면하고 있다. 그녀가 그리할 수 없는 이유는 그런 방법을 몰라서가 아닌데 말이다. 나는 그런 식으로 접근하지 않는다.

그런 아버지라면 죽여버리는 게 어떨까요? 적절한 시기가 되었다고 판단하면 나는 슬쩍 그런 말을 던져본다. 상대방이 경계심을 품으면 농담이었노라고 말한다. 반대로 그래도 전화를 끊지 않으면 상대방이 내 방식에 흥미를 가지고 있다는 표징이다. 그러나 나는 살인을 사주하거나 하는 일은 하지 않는다. 이 도발은 그저 내가 찾는 취향의 사람인가를 판별하는 리트머스시험지에 불과한 것이다. 나는 누군가가 다른 사람을 살해하도록 하는 일에는 관심이 없다. 나는 사람들이 무의식 깊은 곳에 감금해둔 욕망을 끄집어내고 싶을 뿐이다. 일단 풀려난 욕망은 자가증식하기 시작한다. 그들의 상상력은 비약하기 시작하고 궁극엔 내 의뢰인이 될 소질을 스스로 발견하게 되는 것이다.

고객이 되기에 충분하다고 판단되면 나는 그 사람을 만난다. 물론 사무실이 아닌 곳에서 말이다. 때로는 술을 마시기도 하고 함께 전시회나 영화를 보기도 한다. 드문 일이지만 정말 중요한 고객인 경우에는 여행을 떠나기도 한다. 이때 중요한 고객이란 많은 돈을 지불하는 사람이라기보다는 내 창작에 중요한 자극을 줄 수 있는 사람을 뜻한다. 그런 사람을 만나기는 쉽지 않지만 만나게 되면 진심으로 기쁘다. 그러나 고객 앞에서는 그런 티를 내지 않는다. 그들은 나에 대해 아무것도 알지 못한다. 내 이름도 고향도 출신학교도 심지어 취미도 알지 못한다. 그들은 자신들이 상정한 어떤 인간 유형에서 자꾸만 벗어나는 나라는 인간을 향해 도저히 이해할 수 없다는 듯 고개를 가로젓는다. 하기야 당연한 일이다. 누구도 신에 대해서 알 수는 없는 법이다.

나는 의뢰인과 헤어지는 마지막 순간까지 여러 이야기를 나눈다. 그의 가족사와 성장과정, 연애 이야기, 성공과 실패, 그리고 그가 읽었던 책과 좋아했던 화가와 음악에 대해서. 그러면 대부분의 사람들은 별 저항 없이 그런 이야기들을 해주게 마련이다. 누구든 그런 순간이 되면 솔직해지는 법이니까. 내가 이야기를 다 들어주면 그제야 나와의 계약을 파기하고자 하는 사람도 있다. 물론 나는 계약금을 제외한 나머지 돈을 모두 돌려준다. 그러나 그렇게 돌아간 고객 중 다수가 다시 나를 찾아온다. 그때는 대부분 아무 말 없이 계약을 이행하게 된다.

일이 무사히 끝나면 나는 여행을 떠나고, 여행에서 돌아오면 고객과 있었던 일을 소재로 글을 쓴다. 그럼으로써 나는 완전한 신의 모습을 갖추어간다. 이 시대에 신이 되고자 하는 인간에게는 단 두 가지의 길이 있을 뿐이다. 창작을 하거나 아니면 살인을 하는 길.

물론 일을 끝냈다고 그 일을 모두 글로 쓰는 것은 아니다. 그럴 자격이 있는 고객만이 내 손을 거쳐 다시 태어난다. 이 일은 고통스럽다. 그러나 이 과정을 통해 나는 의뢰인들을 연민하고 사랑하게 된다.

셰익스피어는 이렇게 말했다 한다. "죽음이 감히 우리에게 찾아오기 전에, 우리가 먼저 그 비밀스런 죽음의 집으로 달려들어간다면 그것은 죄일까?" 위대한 극작가보다 훨씬 후대의 시인, 실비아 플라스는 한 걸음 더 나아간다. "피의 분출은 시詩이다. 그건 막을 도리가 없다." 모두가 알다시피 그녀는 가스 밸브를 열어놓은 오븐 속에 머리를 집어넣고 자살했다.

내 고객들도 실비아 플라스 같은 문재文才를 지니지 못했을 뿐, 삶의 마지막을 그녀만큼의 아름다움으로 장식해냈다. 그들의 이야기를 쓴 글이 이제 열 편을 넘기고 있다. 이제 서서히 이들을 세상으로 내보낼 작정이다. 원고료나 인세 따위는 필요 없다. 나는 먹고살기에 충분한 돈을 가지고 있다. 그리고 그건 내 의뢰인들에 대한 예의가 아니다. 나는 아무 조건 없이 이 글들을 봉투에 넣어 출판사로 보내볼 작정이다. 그러고는 형체 없이 숨어 내 의뢰인들이 자신들의 이야기를 통해 재생하는 장면을 지켜볼 것이다.

컴퓨터를 켜고 비밀번호가 걸려 있는 파일들을 불러내기 시작한다. 가장 먼저 나온 파일은 이 년 전 겨울, 내 고객이었던 누군가의 이야기다.

## 2. 유디트

매혹의 고통은 종종
새의 가벼운 육체를 꿈꾸게 한다
하여 나의 질투는 공기보다 가볍다
난 사랑하고 있으므로, 사라지고 싶은 것이다
　　　　　—유하, 「휘파람새 둥지를 바라보며」

"눈이 너무 많이 내려."

"……"

"K는 잘 있지?"

벌써 다섯 시간째, 유디트와 C가 탄 자동차는 한계령 어귀의 국도
상에 서 있다. 가끔씩 와이퍼를 작동시켜 차창에 쌓이는 눈을 치우
는 것 말고는 아무 일도 하지 않고 있다. 라디오에서는 이십 년 만의
폭설이라고 말하고 있다. 중국 방면에서 형성된 기압골이 시베리아
기단과 부딪치면서 내린 눈이라 했다. 도로에 늘어선 차들은 꿈쩍도
하지 않는다. 범퍼까지 차오르는 눈에는 타이어 체인도 소용없다.

근처에는 인가도 보이지 않는다. 어느새 땅거미가 지고 있다. 낮
에도 어둑했던 사위는 오후 다섯시를 넘기자마자 캄캄해진다. C가
다시 와이퍼를 작동하려 했을 때, 유디트가 오랜 침묵을 깨고 입을

열었다.

"내버려둬. 밖이 안 보이는 게 더 좋아."

그녀는 휘파람을 불면서 손톱을 다듬고 있다. 와이퍼의 작동을 멈추자 눈은 삽시간에 앞유리를 덮어버린다. 어렴풋하게 헤드라이트 불빛만이 느껴질 뿐, 차 안은 암흑에 가깝다. 조수석에 앉은 유디트의 모습도 잘 보이지 않는다. 그저 윤곽만이 감지될 뿐이다. 마음이 오히려 푸근해진다. 건조한 차 속의 공기 때문에 눈이 뻑뻑해져온다.

"여긴 북극 같아."

유디트가 차창에 얼굴을 기대며 말했다.

"북극?"

"허영호라는 사람 알아? 어제 TV에서 허영호라는 사람이 북극을 정복하는 걸 보여줬어."

"그런데?"

"허영호가 썰매를 끌고 북극점을 향해 가는데 말야, 북극은 거대한 얼음덩어리라서 바다 위에서 끊임없이 조금씩 움직이고 있대. 그래서 허영호는 마지막까지 극점 주위를 뱅뱅 돌아야만 했대. 그러다가까스로 북극점에 도달해서 깃발을 꽂고 사진을 한 방 찍고는 황급히 그곳을 떠났다는 거야. 그 순간에도 북극점은 어디론가 움직이고 있었을 거야."

"북극점이 움직이는 게 아니고 그들이 서 있는 얼음덩어리가 부유하는 거지."

"그게 그거지. 우리가 떠다니든 북극점이 움직이든 결국은 마찬가지 아냐? 그럴 때 없어? 길거리를 걷다가 문득 발걸음을 멈추고 두리번거릴 때 말야. 여기가 어딜까 하면서."


그녀를 처음 만나던 날의 기억은 매우 선명하다. 어머니의 장례 마지막 날이었다. C가 발인을 마치고 돌아왔을 때, K와 그녀는 거실에서 섹스를 하고 있었다. 현관문이 열리고 차가운 바람이 그들의 벗은 몸에 가 닿을 때까지도 K와 여자는 엉켜 있었다. 검은색 리본이 드리워진 어머니의 영정이 그들을 내려다보고 있었다. 먼저 그를 발견한 K가 지루한 표정으로 몸을 일으켰고 주위에 널린 옷가지 중에서 자신의 옷을 꿰어입기 시작했다. 여자는 그때까지도 눈을 질끈 감은 채 널브러져 있었다. 방으로 들어가. K가 여자에게 말했다. 여자는 그제야 눈을 떠 그를 바라보았다. 정염이 채 가시지 않은 눈동자에선 푸른빛이 났다. 그녀에 대한 첫인상은 클림트의 그림, 〈유디트〉를 닮았다는 것이었다. 아시리아의 장군 홀로페르네스를 유혹하여 잠든 틈에 목을 잘라 죽였다는 고대 이스라엘의 여걸 유디트. 클림트는 유디트에게서 민족주의와 영웅주의를 거세하고 세기말적 관능만을 남겨두었다.


유디트를 닮은 여자는 브래지어 등속을 챙겨들고 방으로 들어갔다. 뭐 해? 들어오지 않고서. K는 그때까지 현관에 서 있던 그를 책망하듯 말했다. 그는 처음 방문하는 집에 들어가듯 어설픈 걸음걸이로 안락의자로 향하며 나지막한 목소리로 K를 질책했다.

"여긴 내 집이야."

"그래, 알아. 형 집이지. 장례는 잘 치렀어? 물론 잘했겠지. 장례나 결혼 따위는 어떻게든 잘 굴러가게 마련이잖아."

"넌 왜 안 왔니?"

"별로 가고 싶지 않았다고 하면 믿을 거야?"

"믿어. 아까 그 여자는 누구야?"

"그냥 여자. 괜찮은 여자지. 여기 며칠 머물 거야."

K는 어머니의 부고를 받고서야 집으로 돌아왔다. 고등학교를 중퇴하고 집을 떠난 지 오 년 만이었고 예상보다는 많이 변해 있었다. 발인하던 날, K는 그의 아파트에 가 있겠다고 말했다. 그도, 그리고 다른 누구도 K를 말리지 않았다. 어머니의 관에 흙이 덮일 때, K는 유디트와 함께 그의 아파트에서 뒹굴고 있었던 것이다. 그는 자신이 치렀던 수고와 K가 누렸을 쾌락을 대비해보았다. 그러자 온몸이 무거워졌다. 그는 침실로 들어가 옷을 입은 채 잠이 들었다.

눈이 그치지 않는다. 연료계의 눈금은 이제 반을 가리키고 있다. 연료를 아끼기 위해 시동을 끄자 삽시간에 차 안의 공기가 서늘해진다. 아까 낮에도 영하 십이 도를 기록했던 기온이었으니 지금은 더 떨어졌을 것이다. 다시 시동을 켠다.

"지겹지?"

"……"

유디트에게 말을 건네보지만 그녀는 대답하지 않는다. 대답 대신 사각사각 옷자락 쓸리는 소리가 들려온다. 철컥. 그녀가 의자를 뒤로 젖히는 기색이다.

"자게?"

"쉬잇."

눈이 점점 더 두껍게 앞유리에 쌓이고 있다. 세계와 완벽하게 단절되었다는 느낌, 한편으로 불안하고 한편으로는 안락하다. 옷자락 쓸리는 소리가 점점 더 잦아진다. 유디트의 숨소리도 점점 더 크게 들려온다. 그녀가 지루함을 견디기 위해 자주 행하는 놀이다.

"음악 틀어줄까?"

"으응."

가쁜 숨소리 사이로 긍정을 표하는 음성이 들려온다. 그는 아무거나 짚이는 대로 테이프를 찾아 밀어넣는다. B. B. 킹의 블루스 앨범이다. 느리지만 끈적끈적한 비트 음이 밀폐된 차 안을 가득 메운다. 차가 조금씩 흔들리기 시작한다. 앞유리의 눈도 조금씩 흘러내린다. C는 그녀의 블라우스를 헤집은 뒤에 기계적인 동작으로 그녀의 가슴을 만지기 시작했다. 죽일 거야. 널 죽일 거야. 그녀의 입에서 흘러나오는 말들의 성조가 점차 높아진다. 아악. 짧은 신음과 함께 차의 진동이 잦아들기 시작한다.

"후. 멀리 다녀왔는데도 바뀐 게 없어. 아직도 눈은 그치질 않았고."

그녀가 옷매무새를 고치며 탄식처럼 내뱉는다.

"어딜 다녀왔는데?"

"멀리, 아주 멀리."

라디오에선 계속되는 기상특보.

"영서지방을 강타한 폭설의 적설량이 오후 일곱시 현재 칠십오 센티미터를 기록하고 있는 가운데 철원, 인제, 원통 지역의 모든 철도 운행과 버스 운행이 중단되었습니다. 강원도는 도내 전 공무원에게 비상근무령을 하달하고 제설작업에 총력을 기울이고 있으나 이 시각 현재까지도 계속되는 폭설로 인하여 제설작업은 매우 더디게 진행되고 있습니다."

"손님, 수원 어디세요?"

"파장동이요."

"손님은요?"

"북문."

"이봐요, 손님. 행선지를 말씀하셔야죠!"

"저는 남문에 내려주세요."

택시 가득 팽만한 술냄새. 영하 십 도를 오르락내리락하는 바깥 기온에 맞서기 위해 강하게 틀어놓은 히터 소리. 그 건조하고 탁한 열기가 손님들의 입김과 뒤섞여 택시 안의 습도는 아직까지 적정한 편이다. 흡, 하고 숨을 크게 들이마신 후, 안전띠를 끌어당겨 허리와 어깨를 감는다. 적절하게 조여드는 느낌을 통해서 K는 차와 자신이 더욱 밀착된다는 느낌을 받는다. 기어를 중립으로 놓은 상태에서 액셀러레이터를 살짝 밟아 공회전을 시키자 부드러운 떨림이 온몸으로 전해져오는 것을 느낄 수 있었다. 회전수가 분당 4,000까지 무리 없이 올라갔다가 내려갔다. K는 힐끗 왼쪽 사이드미러를 살펴본 후 핸들을 완전히 꺾으면서 기어를 일단에 놓고 차를 출발시켰다. 급작스러운 출발 때문에 몸이 뒤로 젖혀진 그의 승객들이 가수면 상태에서 깨어나 잠시 주위를 둘러보았다.

　새벽 한시, 사당역 부근에는 아직 경기도로 떠나지 못한 사람들이 거리를 떠돌고 있었다. 그는 기어를 일단에서 바로 삼단으로 변속하면서 액셀러레이터를 밟았다. 엔진의 회전수가 갑자기 떨어지면서 약간의 불규칙한 진동이 느껴졌지만 그는 개의치 않았다. 급가속에 익숙한 그의 스텔라는 다소 시끄러운 소음과 함께 과천 방면으로 달렸다. 시내 구간에서 그의 택시는 벌써 시속 백삼십 킬로미터의 속력을 내고 있었다. 과천 경마장 부근에 이르러 교차로의 신호등에 빨간불이 켜지자 그의 앞을 달리던 승용차 한 대가 브레이크 등을 밝히며 속도를 줄였다. 그는 신속하게 오른쪽 사이드미러를 살핀 후 차선을 변경하면서 빨간불이 켜진 교차로를 그대로 통과하였다. 조수석에 탄 승객 하나가 불안하게 뒤를 돌아보았다. 그러나 그는 돌아보지 않는다.

　이 택시에 K는 만족하고 있다. 더 비싼 차들을 선호하는 사람들도 많다. 그러나 이만한 차도 흔치 않다. 간단한 엔진 구조에 잔고장이 없고 길들이기에 따라 가속력도 만만치 않다. 과천-의왕 간 고속도로 톨게이트에 이르러 그는 천원짜리 한 장을 검표원에게 건네주고 거스름돈을 받는다. 이 지점에 이르면 그의 모든 근육은 경미하게 긴장하기 시작한다. 이 구간은 차량 통행이 적은데도 편도 이차선이어서 총알택시들에게는 최상이다. 그는 왼쪽 창문을 닫는 순간부터 힘차게 액셀러레이터를 밟았다. 엔진의 분당 회전수가 5000까지 올라갔다. 그는 힐끗 뒷좌석의 승객들을 살펴본다. 대부분 머리를 뒤로 꺾은 채 잠들어 있다. 조수석의 승객만이 눈을 뜨고 있다. 그는 술이 덜 취했거나 아니면 이런 택시에 처음 탑승하는 사람일 것이다.

차가 급가속을 하는 동안 그의 몸은 마치 뒤로 끌려가는 듯하다. 강한 힘이 그를 잡아당기는 것이다. 관성이다. 운동을 지속하려는 경향. 그의 몸은 머물러 있으려 하고 택시는 그를 빠른 속도로 앞으로 이동시키려 한다. 그는 여릿한 현기증을 느끼지만 불쾌하지 않다. 이 세계는 언제나 이런 식으로 그를 이동시켜왔고 지금 그에게 이 스텔라는 세상의 전부와 마찬가지. 곧 이 속도에 적응할 것이다. 그의 육체는 곧 택시의 속도에 자신의 속도를 조율하고 관성의 법칙은 택시의 속도를 따를 것이다.

과천-의왕 간 고속도로의 대부분은 하늘에 떠 있다. 교각과 트러스가 이 고속도로를 떠받치고 있다. 그러나 그 아래 세상은 보이지 않는다. 소음방지벽이 시야를 가로막고 있기 때문이다. 조도가 낮은 가로등이 드문드문 서 있을 뿐이어서 도로는 매우 어둡다. 각 차량의 전면에서 발광되는 전조등의 불빛들은 그들의 눈앞 십여 미터가량만을 비출 뿐이고 그 거리란 일 초도 안 돼 등뒤로 사라져버릴 거리에 불과하다. 각 차량들은 자신이 낼 수 있는 최대한의 속력으로 어두운 도로 위를 질주한다. 그들이 아래 세상을 보지 못하듯 지상에서도 그들의 이동을 볼 수 없다. 그들은 옆가리개로 눈을 가린 경주마처럼 앞으로 달려가면 그뿐이다.

"구삥."

"여덟."

"난 이땡. 김씨는 뭐야?"

"쎄구 다시."

"이런 씨부럴. 땡값 날렸네."

사당역 앞 24시간 편의점에서 사잇골목으로 조금 비집고 들어오면 보이는 허름한 대폿집. 그 살림방 한켠에서 K는 화투장을 조심스레 집어든다. 사쿠라와 흑싸리. 일곱 끗이다. 짧은 찰나, 그는 나머지 패거리들의 표정을 살핀다. 한 명이 패를 던졌을 뿐, 나머지는 모두 천원짜리들을 수북하게 쌓기 시작한다.

"난 죽었어."

K는 패를 던진다. 따라가기에는 패가 너무 약하다. 사람들의 눈빛들이 빠르게 움직인다. 성보운수 이씨, 눈가의 근육이 경련한다. 그는 좋은 패를 가졌음에 틀림없다. 그가 마지막으로 만원짜리를 던져넣는다. 경기운수 김씨가 따라간다. 나머지는 다 죽었다. 이씨가 패를 뒤집는다. 가보. 그가 이겼다. 경기운수 김씨는 다섯 끗에 불과했다. 아마도 김씨는 이씨가 허세를 부린다고 생각했던 모양이다. 김씨는 자리를 털고 일어났다. 니미, 오늘 재수 옴 붙었나. 나 한판 뛰

고 올 테니까 여기들 있더라고.

그러나 그가 돌아올 때쯤이면 이들은 이 자리에 없을 것이다. 그 사실을 김씨도 잘 알고 있을 터였으므로 그의 말은 그저 인사치레에 불과하다. 순서가 돌아오면 이들은 미련 없이 택시를 몰기 위해 일어날 것이었다. 그사이 자신에게 돌아온 패를 K는 살그머니 집어든다. 이 짧은 순간의 부박한 긴장감을 그는 즐긴다. 한 장은 흑싸리다. 그는 다른 패거리들이 눈치채지 못하게 숨을 고르고 나머지 한 장을 엄지손가락으로 천천히 밀어올린다. 역시 흑싸리, 사땡이다. 그는 일부러 아무도 쳐다보지 않으려고 노력한다. 자칫하면 자신의 표정이 읽힐 수도 있기 때문이다.

단 한 번 패가 돌아가고 그것으로 그 판의 운명은 결정된다. 그다음은 서로가 서로를 속이는 일만이 남는다. 좋은 패가 들어와도 좋아해서는 안 된다. 나쁜 패가 들어왔다고 해서 우울해하면 안 된다. 그렇다고 좋은 패일 때마다 항상 우울한 척하면, 그다음은 아무도 속지 않는다. 아무 표정 없을 것. 그게 관건이다.

이런 게 인생일까. K는 생각한다. 어차피 패는 처음에 정해지는 것이다. 내 인생의 패는 아마도 세 끗쯤 되는 별볼일없는 것이었으리라. 세 끗이 광땡을 이길 가능성은 애당초 없다. 억세게 운이 좋아서 적당히 좋은 패를 가진 자들이 허세에 놀라 죽어주거나 아니면 두 끗이나 한 끗짜리만 있는 판에 끼게 되거나. 그 둘 중의 하나뿐이다. 그래봐야 그가 긁을 수 있는 판돈이란 푼돈에 불과하다. 어서어서 판이 끝나고 새로운 패를 받는 길. 그 길만이 유일한 희망이다. 그러나 세 끗이라도 좋다. 승부가 결판나는 순간까지 나는 즐길 것이다.

K는 흑싸리 두 장의 사땡 패를 내려놓고 다른 사람들의 베팅을 기다린다. 판돈이 만원까지 올라갔다. 그는 조금 전 수원 다녀오면서 받은 이만원을 주머니에서 꺼내 얹어놓는다. 다른 패거리들이 힐끗 K를 쳐다본다.

"에이 씨발, 오늘 번 거 다 걸었수. 좆도, 한판 더 뛰면 되지 뭐."

K는 이판사판인 양 능친다. 다른 패거리들이 잠시 멈칫거린다. 섰다의 장점은 바로 이 순간이다. 판돈이 가장 커지고 노름꾼들이 망설이는 이때, 일상의 권태와 나른함은 휘발해버린다. 머릿속은 오로지 흑싸리 두 장으로 가득 찬다. 새도 울지 아니하고 시냇물도 흐르지 않는다. 언젠가 그가 보았을 현실의 싸리나무는 자리를 차지하지 못한다. K는 성기가 발기하는 것마저 느끼지 못한다.

미심쩍어하면서 두 사람이 K를 따라 지폐를 던진다. 그 나머지는 패를 던진다.

"오매. 사땡이네."

패거리의 눈들이 빠르게 K의 표정을 훑는다. 건 돈 이외에 이만원 씩의 땡값을 물어준 이들은 더 조급하게 다음 패를 기다린다. 그들은 고스톱은 치지 않는다. 의도하지 않은 반전과 치열한 머리싸움이 필요한 고스톱은 그들을 매료시키지 못하는 것이다. 그리고 무엇보다 고스톱은 너무 느리다.

택시는 과천터널을 지나 계속 캄캄한 도로 위를 달려간다. 바퀴가 도로 표면에서 살짝 떠 가는 듯하다. 횡풍이 닥쳐들 때마다 차체는 약간 휘청거린다. '날아간다.' 사람들은 이런 택시를 보고 그렇게 비유한다. 그러나 그건 비유가 아닌지도 모른다. 다른 차를 찾아보기 힘든 심야의 고속도로를 달려가다보면 K는 이 차가 어디를 향하고 있는지를 잊곤 한다. 차의 속도가 빨라질수록 시야는 점차 좁아진다. 도로 옆의 나무들과 가로등들의 모습은 속도가 빨라질수록 그 형체가 흐물흐물해져버리는 것 같다. 끈적끈적한 점액질처럼 그들은 엉겨붙은 채 뒤로 사라져간다. 여기가 어디인가? K는 머리를 설레질친다.

시속 백팔십 킬로미터를 속도계는 가리키고 있다. 엔진 소리와 바람 소리는 다른 모든 소리를 집어삼켜버렸고 귀가 먹먹해진다. 그것은 좁아진 시야만큼이나 현실감을 빼앗아간다. 조수석의 승객이 무엇인가 투덜거린다. K는 신경쓰지 않는다. 갑자기 그의 눈앞에 경사를 힘겹게 올라가는 트럭이 들어온다. 그는 차선을 변경하며 그 트럭을 추월해가고 그 순간 그의 모든 신경이 칼날처럼 곤두섰다. 그의 성기는 다시 발기하고 머릿속은 텅 비어버린다. 그의 모든 근육은 이 차와 호흡을 함께한다. 그것은 본능적이다.

수원 남문 앞에서 손님들을 모두 내려주고 나서 공중전화 부스로 들어간다. 아무도 전화를 받지 않는다. 세연은 어디로 갔을까. 담배를 한 대 피워물려는데 라이터가 켜지지 않는다. 가스가 다 된 모양이다. 몇 번쯤 시도하다가 담배는 분질러버리고 라이터는 던져버린다. 다시 카드를 집어넣고 천천히 버튼을 누른다. 몇 초 안 되는 기다림이 더할 수 없이 초조하다. 다른 전화번호를 누른다. 형도 전화를 받지 않는다. 전화박스 문을 열고 나와서 다른 기사에게 불을 청해 담배를 피워문다. 혹시 형에게 간 걸까?

K는 다시 차에 올라 사당역을 향해 달려간다. 교통방송에서는 영서지방에 내린 폭설을 이야기하고 있다. 모든 교통이 두절되었다는 아나운서의 목소리에는 다소 흥분이 깃들어 있는 것 같다. 그 생각을 하는 사이 조금씩 눈발들이 날아든다. 서울에도 그런 폭설이 오려나. 그렇다면 눈이 쌓이기 전에 돌아가야 한다. K는 일차선으로 차선을 바꾸어 달려가기 시작했다.


C에게 유디트의 전화가 걸려왔을 때, 그는 점심으로 배달되어온 피자를 먹고 있던 참이었다.

"오랜만이야."

"그런가?"

C는 그녀에 대해서 전혀 생각하지 않고 있었다는 투로 짐짓 심상하게 그녀의 말을 받았다.

"나 어딜 좀 가고 싶은데 데려다줄래?"

"어딘데?"

"주문진."

"거긴 갑자기 왜?"

"거기가 내 고향이거든. 그리고 오늘은 내 생일이야."

"그럼 여기로 와."

"알았어. 금방 갈게."

그렇게 이 여행이 결정되었다. 양평을 지날 즈음부터 눈발이 날리기 시작했다. 홍천에 이르자 걷잡을 수 없이 퍼붓기 시작해서 체인을 감고 운전했지만 이곳에 이르러서는 아예 옴짝달싹할 수 없게 되어버렸던 것이다.

"언제 주문진을 떠난 거야?"

"주문진?"

"고향이라면서?"

"아니, 그냥 해본 말이었어. 갑자기 어디로든 떠나고 싶어져서."

유디트는 심드렁하게 대꾸하고는 계속 휘파람을 불었다. C는 어이가 없어서 운전대를 잡고 있던 손을 놓고 등을 의자에 기댔다. 목적이 증발한 여행이라.

"생일이라는 것도?"

"그것도."

"그랬구나. 세상은 재밌어. 진실은 사람을 불편하게 만들지만 거짓말은 사람을 흥분시켜. 안 그래?"

"그렇지만 넌 내 거짓말이 아니었어도 날 따라왔을 거야."

어쩌면 그녀의 말이 맞을 것이다. 갑자기 어떤 이유라도 생겨줬으면 하고 바랄 때가 있다. 앞에서 함께 술을 마시는 친구가 쓰러졌으면 할 때 말이다. 그는 심장마비로 죽고, 그러면 사람들이 모여 장례를 치르며 술을 마시고 그의 장지로 따라가서 삽으로 흙을 떠넣고 영구차에 실려 돌아오는 상상은 흥미롭다. 그렇지만 어떻게든 떠나봐도 세상은 늘 그 자리다. 지금 이곳도 그러하다. 눈이 너무 지겹도록 퍼붓고 있다. 벌써 몇 시간째 똑같은 화면을 보고 있는 셈이다. 화면조정시간 같다. C는 이 어둠이 지겨워졌다. 와이퍼를 작동시키자 앞유리에 쌓여 있던 눈이 힘겹게 치워졌다. C는 실내등도 켰다. 차 안이 조금 환해졌다. 치마가 반쯤 감겨올라가고 블라우스의 앞섶도 열린 채로 그녀는 뒤로 젖힌 의자에 누워 있었다. C가 그녀 쪽으로 고개를 돌리자 그녀가 자동응답기의 메시지처럼 말했다.

"왜? 한번 하고 싶어?"

"피곤해."

"하고 싶으면 말해."

그녀는 다시 눈을 감았고 그는 실내등을 꺼버렸다. 목이 말라왔다. C는 콘솔박스에서 사탕을 꺼냈다. 사탕을 입에 물자 입안 가득히 침이 고이면서 갈증이 사라졌다. 추파춥스. 유디트가 즐겨 먹는 사탕이다. 그녀는 담배를 피우지 않을 때면 막대기가 달린 추파춥스를 즐겨 입에 물고 다녔다. 심지어 섹스를 할 때에도 그녀는 추파춥스를 입에서 꺼내지 않았다. 그때마다 C는 그 막대기가 자신의 눈을 찌르지 않을까 겁을 내곤 했다. 실제로 언젠가 사탕의 막대기가 그의 왼쪽 눈을 찌른 적도 있었다. 그는 눈이 멀어버리는 게 아닌가 걱정했다. 그후로 며칠 동안 그는 그녀와의 섹스가 두려웠다.

K가 그녀를 데려온 그다음 날, C는 느지막이 자리에서 일어났다. 며칠간의 철야로 머리는 무거웠고 식욕도 없었다. 극도의 피로 후에 찾아오는 나른하면서도 한편으로는 예민한 상태. 특정한 자극에만

민감해지는 그런 정서적 공황 같았다. 거실에 나와서야 C는 전날 동생과 한 여자가 거실에서 정사를 벌이고 있었다는 기억을 회복할 수 있었지만 그것이 현실에서 본 장면인지 아니면 비디오에서 본 장면인지 그때는 잘 구분이 가지 않았다. 아마 잠에서 바로 깨어났기 때문일 것이다.

C는 커피를 끓였다. 커피 향이 거실로 퍼져가고 있을 무렵 건넌방의 문이 열리고 유디트가 나타났다.

"나도 한잔 줄래요?"

남은 커피를 잔에 담아 그녀에게 건네주었다. 금방 일어났는지 머리는 부스스했고 얼굴의 화장은 간헐적으로 남아 있었다. 끝단이 풀어진 청반바지를 입고 그 위에는 미국 서부 명문 대학의 교표가 장식된 티셔츠를 헐렁하게 걸쳐입고 있었다. 그렇게 입으니 무척 앳돼 보였다.

"옷을 입으니까 딴사람 같네요."

"어제 좀 놀랐죠?"

그녀는 고장난 가습기처럼 웃음을 흘렸다. 쉬이익. 쉬익.

"형 애긴 많이 들었어요."

"K는 어디 나갔어요?"

C는 건넌방을 힐끔거리면서 물어보았다.

"일 나갔어요."

"무슨 일?"

"몰랐어요? K는 총알이에요."

"총알?"

"총알택시 몰라요? 빵!"

유디트는 두 손가락으로 권총을 만들어 C를 쏘았다. 빈총에 맞으면서 C는 자신도 모르게 움찔거렸고 그 짧은 순간 동안에 지난밤, 거실에 누워 있던 그녀의 벗은 몸이 떠올랐다 사라졌다. 그는 위험한 선택을 하게 되리라는 것을 직감했다. 그는 유디트를 닮은 동생의 여자에게 끌리고 있었다. 그 매혹의 원인을 장례라는 비일상적인 행사를 마친 탓으로 돌리고 싶지는 않았다.

그녀는 커피를 다 마시고는 주머니에서 추파춥스를 꺼내 입에 물었다. 처음 몇 분 동안 그녀는 모든 정신을 사탕을 먹는 일에 집중한 것처럼 보였다. 눈이 사팔뜨기처럼 보일 정도로 사탕의 막대를 주시하고 있었다. 사탕을 먹는 여자를 그는 참으로 오랜만에 만났다. 껌을 씹는 여자를 그는 경멸했다. 껌을 씹는 일에는 아무런 상상력이 필요 없다. 끊임없이 입을 놀리지만 언제나 그 자리로 돌아올 뿐이다. 자신이 원하던 이미지는 저렇듯 오래도록 사탕을 먹는 여자의 모습이었음을 그는 깨달았다. 아침 신문을 보던 그는 어느새 그녀의 행동으로 주의를 옮겨가고 있었다. 한참을 그러던 그녀는 기지개를 한번 켜면서 몸을 주욱 늘였다. 탁자 위에 다리를 올려놓고 몸은 최대한 소파 등받이에 기댄 채 그녀는 계속 사탕을 빨아댔다.

"그건 게임이었어."

긴 침묵을 깨고 유디트가 말했다. 어느새 앞유리에는 다시 눈이 두껍게 쌓여 차 안은 다시 캄캄해져 있었다.

"처음 너랑 자던 날 말야. 내가 사탕을 먹고 있었던 것 기억나? 난 네가 나를 힐끔거리며 쳐다보는 걸 알고 있었어. 그래서 게임을 해 본 거야. 사탕에 넘어오는지, 아님 그다음에 넘어오는지, 난 그게 궁금했어. 그래서 마음속으로 내기를 걸었지. 내가 사탕을 다 먹기 전에 네가 넘어오면 너랑 살고, 그다음 단계에서 넘어오면 K랑 살기로. 어때, 재밌지 않아?"

그녀가 차창을 열었다. 찬바람과 눈송이들이 세차게 밀려들어왔다.

그날, 그녀의 왼손이 청바지의 단추를 풀고 그 속으로 미끄러져들어가는 것을 보았을 때, C는 자리에서 일어났다. 그녀는 아랑곳하지 않고 오른손으로는 추파춥스의 막대를, 왼손으로는 자신의 몸을 만지면서 늘어져 있었다. 자리에서 일어난 C는 어디로 가야 할지를 몰라 한동안 서 있으면서 그녀의 움직임이 점차 빨라지는 것을, 그에 따라 어떻게 표정이 달라지는지를 바라보았다. 아주 오랜 시간이 흐른 것 같았다. 그녀가 눈을 떴다. 눈이 마주쳤다. 그러고는 손짓으로 그를 불렀다. 그는 가까이 다가갔고 그녀는 자신의 등을 가리켰다. 그는 뒤에서 그녀를 안았다. 그러는 동안에도 그녀는 발버둥치며 몸을 뒤챘다. 그는 이러다 그녀가 미쳐버리지나 않을까 걱정했다. 한참 후에 그녀는 그의 품 안에서 축 늘어졌다. 추파춥스가 아직 남아 있을 때, 그는 사정을 했고 그러자마자 일어나 샤워를 하러 욕실로 걸어갔다. 그때 어렴풋하게 등뒤에서 낄낄거리는 그녀의 웃음소리를 들었던 것 같고 그 웃음소리를 듣자 뜬금없이 모차르트를 듣고 싶어졌던 게 기억난다.

계기판의 오일 미터가 이제 사분의 일 수준을 가리키고 있다. 연료가 다 떨어지면 동사하고 말 것이다. 히터를 일단으로 낮추었다. 아직도 눈은 그칠 줄 모른다. 너무 많이 퍼붓고 있어서 마치 영화에 나오는 가짜 눈처럼 느껴진다. 유디트는 룸미러를 보면서 화장을 고치고 있다.

"화장은 뭐하러 고쳐?"

"달리 할 일이 없어서."

"이제 연료가 다 떨어져가고 있어."

"그럼 우리 여기서 죽는 거야?"

그녀는 눈썹을 그리며 물었다. 뜻대로 잘되지 않는지 심각한 표정이다.

"아마 그럴 수도 있겠지."

"멋지겠는걸. 눈에 파묻혀 죽다니."

"마을을 찾아서 걸어가볼까. 뭐라도 있을 거야. 도로를 따라 걸어가다보면."

이미 차를 버리고 떠나는 이들이 여럿 보였다.

"싫어."

눈썹을 다 그린 그녀는 입술을 만지고 있는 중이다.

"왜 싫어?"

"밖은 추워."

"기름이 떨어지면 여기도 곧 추워질 거야. 그리고, 배 안 고파?"

"조금. 하지만 견딜 수 있을 정도야. 라디오나 켜봐."

화장을 마친 그녀에게서는 사과 냄새가 났다. 염을 끝낸 어머니의 시신에서도 사과 냄새가 풍겼다. 사과는 부패하면서 진한 향기를 풍긴다. 라디오에서는 댄스음악을 하는 그룹이 나와서 여자 DJ와 깔깔거리고 있다. 지금 영동, 영서지방에 폭설이 내렸다죠? 스키 타러 안 가세요? 워낙 바빠서 그럴 시간을 내기 힘들어서요. 멤버들 모두 스키를 무척 좋아하지만 요즘에는 가본 적이 없어요. 어머, 너무 안됐다. DJ가 계속 호들갑을 떨고 있었다. 그럼 노래 한 곡 듣고 다시 말씀 나누지요. 라디오에서는 조금 전까지 히히덕거리던 그룹의 노래가 흘러나온다. 경쾌한 리듬에 비해 가사는 첫사랑 운운하는 지루한 내용이었다.

"첫 남자 기억나?"

C는 운전대에 얼굴을 기댔다.

"아니, 두 명 중 하나인 것 같은데 누군지는 확실히 모르겠어. 열여섯 살 때였는데 셋이 한방에서 한 달쯤 지냈거든. 나중에는 결국 두 사람과 다 자게 됐는데 누가 처음인지는 잘 기억이 안 나. 나는 다 그래. 뭐든 지나간 일은 기억하지 않아. 영화도 나중에는 스토리가 다 뒤섞여버려. 본 비디오를 또 볼 때도 많아. 제목을 기억하지 않으니까. 지금까지 기억할 만한 가치가 있었던 건 아무것도 없었어. 그런데 가끔 희한한 것들이 오래 기억에 남아. 〈허영호의 북극 탐험〉

같은 거랄지, 아님 〈동물의 왕국〉 같은 것. 난 드라마는 재미없어. 소설도 재미없고 유일하게 넋이 나가서 보는 건 〈동물의 왕국〉뿐이야. 사냥을 하는 건 암사자의 몫이래. 근데 수사자들은 암사자가 사냥해 온 걸 제일 먼저 먹는대. 수사들이 배불리 먹고 난 후에야 암사자들과 새끼들이 먹는 거래. 우리집도 엄마가 돈을 벌어왔어. 근데 우리집은 엄마가 돈을 벌어와서 그런지 아빠는 병신같이 빌빌거렸지. 언젠가 아빠가 술집 여자와 잠을 자다가 엄마한테 들켰는데 재떨이로 얼굴을 얻어맞는 걸 본 적이 있어. 근데 지금은 둘 다 얼굴도 잘 기억이 안 나.”

“왜 집을 나왔어?”

“학교에 갔더니 한 선생이 나보고 넌 왜 책이 없냐고 물었어. 아버지가 찢어버렸다고 그랬더니 너희 아버지는 왜 책을 찢느냐고 묻더라. 그래서 술만 먹으면 책을 찢는다고 그랬더니 날더러 거짓말을 한대. 아니라고 소리를 질렀더니 선생님한테 대든다고 맞았어. 그날부터 학교에 나가지 않았어. 학교에 계속 결석하자 선생이 집으로 전화를 했고 다시 집에서 엄마에게 죽을 만큼 두들겨맞았던 것 같아. 그래서 집도 나왔지. 나오니 천국이었어. 간섭하는 인간도 없고 술도 마시고 옷도 사 입고 남자애들과 잠도 자고.”

“엄마 생각 안 나?”

“너도 똑같구나. 그런 질문이나 해대고 말야. 넌 이해 못 해. 그리고 앞으로 이딴 거 묻지 마. 난 뭐 물어보는 인간들 질색이야. 질문이 많은 남자들은 숨길 게 많은 놈들이야. 하고 싶은 말이 있으면 하면

될걸 꼭 남에게 묻는단 말야."

라디오에서는 앞으로도 삼십 센티미터 이상의 눈이 더 내릴 것이라고 말하고 있었다.

사당역으로 돌아오자 눈발이 굵어지기 시작했다. K는 차를 세워두고 포장마차로 들어갔다.

"소주 한 병하고 오징어 데친 거 하나 주세요."

오징어는 얌전하게 누워 있었다. 온몸이 가로로 잘려진 채 오징어는 유순하다. 세연과 주문진에 갔을 때가 생각난다. 동도 트기 전, 오징어배들은 불을 환히 밝힌 채 부두로 들어온다. 부두에 부려진 오징어들은 서로 엉켜 꿈틀거린다. 몇몇은 먹물을 뿜기도 한다. 거기서 세연과 오징어회를 안주 삼아 소주를 마셨다. 그녀는 항구에 익숙했다. 여기가 고향이냐고 물었지만 세연은 대답하지 않았다. 그날 그녀에게선 형의 애프터셰이브 로션 냄새가 났다. 형이랑 잤니, 라고 묻자 세연은 고개를 끄덕였던 것 같다. 바다 비린내 사이로 계속 형의 로션 냄새가 났고 그날의 오징어들은 잘 소화되지 않았다.

눈이 내리기 시작해서인지 포장마차에는 손님이 없었다. K는 두 잔을 연거푸 들이켠 후에 오징어의 몸통 부분을 집어 먹었다. 세연을 처음 만났던 곳, 그 술집도 이 근방 어디쯤이었을 것이다. 기사들과 노래를 부르러 들어간 그 술집에서 세연을 만났다. 한방에 다섯 명이 들어가서 맥주를 시켰고 세연은 들어와서 과일을 깎았다. 사과 껍질을 벗기는 품이 서툴렀다. 짙은 보라색 아이섀도를 칠했지만 나이는 많아 보이지 않았었다. 한 번도 웃지 않는 여자. 기사들은 화를 냈다. 웃음을 파는 여자가 웃지 않으니 동료 기사들은 그녀에게 욕을 했다. 주인이 왔고 주인도 그녀에게 욕을 했다. 주인에게 끌려나간 후, 밖에서는 따귀 맞는 소리가 들렸다. 잠시 후, 다시 들어온 그녀는 쉴새없이 웃었다. 별거 아닌 농담에도 웃었고 배차 반장을 욕하는 말에도 웃었고 한국 축구가 월드컵에 진출할 거라는 말에도 웃었다. 기사들은 다시 화를 냈다. 미친년이라는 말도 나왔다. 그 말에도 그녀는 웃었다. 그러다 다시 불려나갔다.

기사들이 모두 집으로 돌아간 후에 K는 그 집으로 돌아가 돈을 치르고 그녀를 데리고 나왔다. 오늘이 내 생일이야. 세연은 그렇게 말했다. 그래서 둘은 술을 더 마셨고 사당역 근처 여관에서 잠을 잤다.

"왜 웃지 않았던 거야?"

"안 웃기니까."

"그럼 나중에는 왜 그렇게 웃었어?"

"그땐 웃겼으니까."

그녀를 찾아가면 언제나 그날이 그녀의 생일이었고 그래서 술을 마셨고 함께 잠을 잤다. 오늘 아침에도 그녀는 생일이라고 말했다. 그래서 출근하려다 말고 다시 섹스를 했다. 그녀가 생일이라고 말하면 성욕이 생긴다. 추파춥스가 다 떨어졌어. 이게 마지막이야. 섹스하다 말고 그녀가 말했다. 일 끝내고 들어오는 길에 사다줄게. K는 그렇게 말했었다. K는 옆에 놓인 추파춥스 봉지를 만져보았다. 하나를 꺼내 껍질을 벗기고 입에 물었다. 소주를 마시다 말고 사탕을 꺼내 무는 손님을 포장마차 주인은 물끄러미 쳐다보고 있었다.

그런데 그녀는 지금 어디 있을까. 형에게 간 걸까. 형이라는 사람. 언제나 모든 것을 가져간다. 그는 그러는 일에 익숙하다. 빼앗는 게 어색하지 않은 사람이 있다. 형을 생각하면 늘 떠오르는 기억들은 탈취의 기억들이다. 아주 어릴 적, 그가 국민학교도 들어가기 전이 었던 시절, 강아지가 한 마리 있었다. 누런색의 털이 북실하게 예뻤던 강아지. 그 강아지는 언제나 형에게 안겨 있었다. K가 아무리 애를 써도 강아지는 형에게 달려가곤 했다. 그 이유를 지금도 모르고 또 알고 싶지도 않다고 K는 생각한다.

그 강아지는 어느 여름날 사라졌다가 장마가 지나간 후, 산에서 내려오는 하수도 출구에서 발견되었다. 하수도로 기어들어갔다가 너무 좁아서 돌아나오지 못한 모양이라고 어른들은 말했다. 내장이 다 터지고 부패된 채, 복실이는 여름 내내 배수로 한켠에서 썩어갔다. 아무도 그 시체를 치우지 않았다. 그 장면을 함께 본 날 저녁에도 밥 한 그릇을 다 비울 수 있었던 형을 이해하지 못했다. K는 이틀을 내리 굶었다.

아버지는 직업군인이었다. 그래서 형과 K는 언제나 부대 안에서 살곤 했다. 밉든 좋든 형은 유일한 말동무였다. 그런 형과 놀기 위해서는 언제나 대가를 치러야만 했다. 장기를 두거나 오목을 둘 때면, 형은 내기를 하자고 했다. 형은 언제나 이겼다. K가 가끔 이긴다 해도 결국엔 형의 승리로 귀결된다. 마지막에 이기는 자들은 언제나 따로 존재한다. 사촌누나가 그의 몫으로 나누어준 외국 우표들은 얼마

되지 않아 모두 형의 소유가 되었다. K는 그중에서 자동차가 그려져 있던 독일 우표들을 기억한다. 그 우표들을 보고 싶다. 그리고 나비, 그래, 나비가 있었다. 핀에 꽂힌 채 재가 되어버린 형의 나비들.

언젠가 이런 얘기를 들은 세연이 물었다.

"많이 싸웠겠네?"

"아니, 형과 싸우거나 한 적은 없어. 중학교에 들어간 이래로는."

"왜?"

"내가 성적이 나빠서, 또는 담배를 피웠다 해서, 또는 집을 나갔다고 해서 아버지에게 맞을 때, 말려준 사람은 항상 형이었어. 형은 아버지를 진정시키고는 나를 데려가서 부드러운 어조로 말하곤 했어. 그럴 때마다 나는 늘 형에게 설득당하곤 했지. 가족 중에서 형만이 나를 이해해준다고 생각했고 집을 나갔을 때에도 형 얼굴이 제일 보고 싶었지. 하여튼 형을 생각할 때면 뭔가 석연치 않은 게 있어. 함부로 할 수 없는……"

세연이 큭큭거리며 웃었다.

"바보! 그런 사람이 더 무서운 거야. 업소에 오는 손님들 중에서 제일 무서운 치들이 바로 그런 놈들이야. 그 인간들은 내가 봉변이라도 당하면 나서서 나를 보살펴주거든. 내가 힘들 때 내 어깨를 안아주고, 내가 울 때면 눈물을 닦아주지. 그렇지만 나랑 잘 때, 추파춥스를 먹고 있다고 화내는 치들도 바로 그런 인간들이고, 여관비도 내지 않으려고 하고, 아침이면 차비가 없다고 하지. 내가 정말 어려울 때 밥 한 끼라도 사준 사람들은 머리끄덩이 잡고 드잡이하던 사람들인 적이 더 많았어."

그렇지만 형이 그리웠던 것은 사실이다. 오 년 전 집을 나왔을 때도 그랬다. 형이 더이상 그리워지지 않았을 때, 그는 차를 만지기 시작했다. 카센터 옆 골방이 그의 숙소였다. 그 방 안에는 람보르기니의 대형 브로마이드가 걸려 있었다. 낮이면 남의 차 오일이나 갈아주느라 온몸이 기름때로 절어버릴지언정 밤만큼은 꿈에 젖어 살았다. 카센터마다 무료로 배부되는 자동차 잡지를 그는 읽고 또 읽었다. 낮에 만지는 손님들의 차를 그는 경멸했다. 기껏해야 최고 시속 백팔십이 고작인 허접한 차를 끌고 와서 별것도 아닌 고장에 호들갑을 떠는 이들을 보면 가소로웠다.


벌써 두 병째 소주를 마시고 있다. 오징어는 줄어들지 않고 있다. 포장마차에는 늙수그레한 남자 두 명만이 술을 마시고 있다. 그들은 독도 이야기를 하고 있다. 머리가 벗어진 남자는 일본을 폭파해야 한다고 말하고 있다. 다른 남자는 어서 핵을 개발해야 한다며 맞장구를 치고 있다. 그사이 눈발은 더 굵어진다. K는 추파춥스 하나를 더 꺼내 문다. 포장마차 주인의 모습이 둘로 보인다. 오른쪽 눈이든 왼쪽 눈이든 한쪽 눈이 바깥쪽으로 돌아간 것이리라. 일시적 사시현상이다.

"세상이 두 개로 보이면 불편하지 않아?"

세연은 신기한 듯이 한쪽으로 돌아간 눈을 바라보았었다.

"긴장이 풀리면 눈의 근육이 느슨해져서 한쪽 눈이 돌아가는 거야. 어릴 때부터 이랬어. 신경을 쓰면 다시 정상으로 돌아오고 내버려두면 돌아가는 거야. 두 개의 상이 겹쳐진 채로 보여. 그래도 불편하거나 하진 않아. 그중 하나의 상을 선택하고 그걸로 판단하면 되니까."

믿기지 않는 듯 세연은 고개를 절레절레 흔들었다.

"우리 식구 빼고는 아무도 몰라. 다른 사람과 있을 때는 눈에 힘을 주고 있거든."

"그럼 피곤하지 않아?"

"익숙해져서 괜찮아. 어차피 세상은 피곤한 거잖아."

"아무에게도 보여주지 않았다면서 왜 내게는 보여주는 거지?"

"추파춥스 때문이야."


K는 눈을 감고 마지막 남은 소주를 마셨다. 값을 치르고 공중전화 부스로 들어가 천천히 다이얼을 눌렀다. 아무도 수화기를 들지 않는다. 세연도, 형도 그의 부름에 응답하지 않는다. 다시 세상이 둘로 보인다. K는 입속에 남아 있던 추파춥스를 빼내어 공중전화 부스 밖으로 던져버렸다. 비틀비틀 자신의 택시로 걸어간 K는 차 문을 열고 운전석에 앉았다. 어느새 차창에도 눈이 쌓이기 시작했다. 시동을 걸고 라디오를 켰다. 영동, 영서지방에 내린 폭설로 산간마을이 고립되고 태백선, 중앙선이 불통이라 한다. 눈사태로 인한 실종자들의 이름이 호명되고 있다. 곳곳에서 전기와 전화가 두절되고 학교는 휴교령이 내렸다 한다. K는 일단 기어를 넣고 차를 출발시켰다. 바퀴가 헛도는

듯한 소리와 함께 택시가 앞으로 튕겨나갔다.


"이제 기름이 다 떨어져가고 있어."

"북극에 가보고 싶어. 하얀 눈과 얼음만 있대. 북극곰들이 어슬렁거리고 초속 삼십 미터의 강풍이 분대. 여름에는 언제나 환하고 사시사철 바다 위에 떠 있는 곳이래. 멋지지 않아? 가끔은 발밑이 쩍쩍 갈라지면서 아래로 꺼져버린다는 거야."

"농담이 아니야. 우린 고립됐어. 눈은 아직도 한참을 내릴 거고 도로는 두절됐어. 살려면 지금 움직여야 돼."

"남자들은 한곳에 있으면 불안한가봐. 술을 마셔도 옮겨가면서 마시려고 하잖아. 가긴 어딜 가. 난 여기 좋아. 무덤처럼 아늑해. 관 속에 들어가본 적 있어? 옛날 중학교 때, 성당에서 수련회를 갔더랬는데 그런 행사가 있었어. 모두들 관에 들어가보는 거야. 그러고 나서 그 감상을 말하는 거였지. 죽음을 미리 체험하게 해서 예수를 더 열심히 믿게 하려고 그랬겠지. 내가 뭐라고 했을 것 같아? 너무 편안하더라고 그랬지. 정말 너무 포근해서 그 밖으로 나가고 싶지가 않았어. 수녀님이 날더러 지옥에 가는 건 두렵지 않느냐고 물었던 것 같아. 지옥 따위는 없을 거야. 난 북극에 가고 싶어. 한없이 지루해졌음 좋겠어. 북극점은 돌지도 않을 거 아냐."

"북극은 없어. 얼음이어서 늘 바다 위에서 조금씩 떠다닌다며? 아무도 그곳을 찾지 못할 거고. 너 역시 거기에 다다르지 못할 거야."

시동이 꺼졌다. 실내등도 깜박거리다가 희미하게 꺼져갔다. 라디오의 백색 액정도 빛을 잃었다. 도난방지장치의 빨간 등만이 주기적으로 반짝였다. 등화관제 훈련이라도 하듯 사위가 캄캄하게 돌변했다. 그리고 적막했다. 그도 세연도 한동안 아무 말도 하지 않았다. 흰개미떼처럼 추위가 몰려오기 시작했다.

"나가자."

"지금은 싫어."

"그럼?"

"조금만 더 여기 있고 싶어. 참, 우리 섹스할까?"

사각거리며 그녀의 치마가 내려가는 소리가 들렸다. 유디트의 손이 C의 어깨를 잡아끌었다. 그는 사이드브레이크를 넘어 그녀의 몸 위로 건너갔다. C가 완전히 조수석으로 건너가자 그녀가 그의 몸 위로 다시 올라왔다. 그녀를 뒤에서 안은 채 둘은 길고 지루한 섹스를 시작했다. 유디트의 머리가 간혹 차 지붕에 부딪혀 앞유리의 눈을 떨구었지만 아무것도 보이지는 않았다. 그동안 라디오에서는 퀴즈가 진행되고 있었다.

"왜 사정하지 않지?"

길고 지루한 움직임 끝에 그녀가 물었다. 그제야 C는 자신이 그녀와 섹스를 하던 중이었음을 깨달았다.

"흥분되지 않아."

"그럼 내 목을 졸라봐. 흥분이 될 거야."

C는 등뒤에서 그녀의 목을 감으며 다시 섹스를 시작했다. 몇 번쯤 컥컥거리는 소리가 들렸고 그녀가 죽을까봐 불안해진 그는 곧 사정

을 했다. 몇 번의 밭은기침 끝에 그녀는 몸을 일으켜 뒷좌석으로 옮겨갔다.

"넌 평생 아무도 죽이지 못할 사람이야."

그녀가 말했다.

"사람은 딱 두 종류야. 다른 사람을 죽일 수 있는 사람과 죽일 수 없는 사람. 어느 쪽이 나쁘냐면 죽일 수 없는 사람들이 더 나빠. 그건 K도 마찬가지야. 너희 둘은 달라 보이지만 사실은 같은 종자야. 누군가를 죽일 수 없는 사람들은 아무도 진심으로 사랑하지 못해."

얼마 지나지 않아 C는 잠이 들었다. 사정까지 한데다 피로가 몰려왔고 머리가 무거워졌기 때문이었다.

무수한 꿈을 꾸었으나 기억나는 것은 마지막 꿈 하나뿐이었다. 하얀 설원에 북극이라는 네온사인이 빛나고 있다. 네온사인은 일 초에 한 번씩 점멸하면서 그곳이 북극임을 알려주고 있다. 마치 라스베이거스 같다. 그곳으로 다가가자 유디트와 북극곰이 섹스중이다. C는 북극곰을 향해 방아쇠를 당긴다. 탕, 소리와 함께 곰이 쓰러지고 유디트는 원망스러운 눈초리로 그를 노려본다. 다가가서 곰의 시체를 뒤집자 곰은 어느새 K로 변해 있다. K는 피투성이가 된 채 눈을 부릅뜨고 있다. 발가벗은 유디트는 긴 칼로 C의 눈을 찌르려 한다. 어느새 그녀의 칼이 그의 눈을 뚫고 뒤통수로 나오는 게 보인다. 눈은 앞에 달려 있는데 뒤통수로 비어져나온 칼끝이 어떻게 보일 수 있을까. 꿈속에서도 그는 그게 궁금했다.

퍽, 하는 소리와 함께 꿈에서 깨어났다. 여전히 캄캄한 차 속이다.

식은땀을 흘려서인지 견딜 수 없는 한기가 몰려드는 느낌이다. 다시 우지직, 하는 소리가 들려온다. 옆유리를 열고 밖을 내다보는 사이 다시 퍽, 하는 소리가 들려온다. 아마도 나뭇가지에 쌓여 있던 눈이 가지가 부러지면서 한꺼번에 차 위로 쏟아져내린 모양이었다.

"안 추워?"

"……"

"나가자."

"……"

대답이 없었다. C는 뒷좌석을 더듬어 그녀를 찾았다. 아무것도 손에 잡히지 않았다. 그는 눈이 쌓여 잘 열리지 않는 옆문을 억지로 열고 트렁크로 걸어가 랜턴을 꺼내 들었다. 뒷좌석의 옆문이 열린 흔적이 있었고 눈이 헤쳐진 자국이 길게 나 있었다. 눈은 벌써 허벅지까지 차올랐다.

그는 그녀의 이름을 소리쳐 외치며 눈이 헤쳐진 자국을 따라 걸어갔다. 발자국은 의외로 길게 나 있었고 끝은 보이지 않았다. 그는 다시 차로 돌아와 남은 소지품을 챙겼다.

바람이 매서웠고, 다소 가늘어지긴 했지만 눈보라는 계속되었다. C는 한 손에는 랜턴을, 다른 손에는 그의 가방과 그녀의 핸드백을 든 채 눈길을 헤쳐나갔다. 십 미터를 전진하는 데 일 분은 걸리는 것 같았다. 어떻게 무릎까지 쌓인 눈을 헤치고 갔을까. 핸드백까지 놔두고…… 그녀의 흔적을 쫓아 전진하는 동안 마지막 섹스와 꿈에서 본 장면들이 뒤섞인 채 환각처럼 눈앞의 현실과 뒤섞인다. 그러나 그것도 잠시. 눈을 헤치며 나아가느라 어느새 몸은 땀으로 흠뻑 젖었고 눈으로도 흘러내렸다. 도대체 어디까지 걸어간 것일까. 그는 지치기 시작했고 이제 그녀의 행방이란 알 바 아니라는 생각이 꿈틀거렸다. 어차피 그녀는 그의 삶에 틈입한 곰팡이 같은 존재였다. 건조하게 살았으면 생기지 않았을, 건물의 음습한 곳에서만 서식하는 그런 곰팡이처럼 그녀는 그의 의지와는 상관없이 삶 구석구석을 오염시켜놓았다. 어머니의 장례식날 동생과 섹스를 하던 여자를 찾아서 이렇게 눈밭을 헤쳐나가는 자신의 모습이 혐오스러워지기도 했다. 정말로, 정말로 그녀의 행방이란, 그리고 생사란, 상관하고 싶지 않다. 그렇게 생각하면서도 그는 한 발 한 발 앞으로 나아가고 있었다.

그때 멀리, 아주 멀리서 노란 불빛 하나가 보이기 시작했다. 그 불빛은 도로를 따라 점차 그에게로 가까이 다가왔다. 앞에 불도저가 달려 있는 제설차였다. 그는 랜턴으로 신호를 보내서 차를 세웠다.

"혹시 걸어가는 여자 하나 못 보셨습니까?"

"머리 긴 여자요?"

"예, 그 여자요."

제설차의 인부들은 손가락으로 자신들이 지나온 방향을 가리켰다.

"그 여자는 원통 방면으로 가는 제설차를 타고 갔는데."

"이 차는 어디로 가는 겁니까?"

"우리는 내설악 쪽으로 가는 제설차라서 방향이 반대예요."

그 여자가 유디트인지 아닌지 확신할 수 없었지만 그는 내설악 방향 제설차에 올라탔다. 이십 분쯤 후에 그는 주유소가 딸린 식당에서 내려 그 집에서 하루를 묵었다. 아침에 일어나자 길은 어지간히 치워져 있었다. 그는 소지품을 챙겨 일어나려다 방 한구석에 처박혀 있던 그녀의 핸드백을 발견했다. 그 핸드백 속에서 그녀의 주민등록증을 꺼내 보았다. 1975년 1월 21일생. 본적 강원도 명주군 주문진읍……

　서울로 돌아온 C는 그 뒤로도 그녀를 만날 수 없었다. 자신의 생일날 눈길을 걸어 고향의 반대쪽으로 사라진 그녀를 그는 가끔 생각한다. 이제 더이상 그는 추파춥스를 먹으면서 섹스하는 여자를 만나보지 못한 채 하루하루를 보내고 있다. 그리고 꿈에서 북극을 보는 일이 잦아졌다. 낮게 떠 있는 희끄무레한 해를 배경으로 그는 계속 북극곰을 쏘았고 그 북극곰은 언제나 K의 시체로 변해버리곤 했다. 한 가지 달라진 점이 있다면 꿈에 등장하는 유디트가 웃고 있다는 것이다. 그렇게 하루하루가 지나가고 있었다. 아무것도 변하지 않은 채.

# 3. 에비앙

나는 아주 늦게 잔다. 나는 65퍼센트나 자살한다.
내 생활은 아주 싸구려다. 내게는 생활이라곤 35퍼센트밖에 없다.
내 생활은 삶의 30퍼센트를 차지하고 있다.
내 생활에는 팔, 끈, 그리고 단추 몇 개가 부족하다.
5퍼센트는 빈혈성의 불꽃을 동반하고 있는
반쯤 눈떠 있는 혼수상태에 바쳐졌다.
이 5퍼센트가 '다다'라고 불린다. 그러므로 생활이 싸구려인 것이다.
죽음이 조금 더 값비싸다. 그러나 생활은 매력적이고 죽음 역시 매력적이다.
―트리스탕 차라,
「어찌하여 나는 매력적이고 호의적이며 우아하게 되었는가」

편집은 거의 마무리 단계로 접어들고 있다. 늦어도 일주일이면 탈고할 수 있을 것이다. 나는 컴퓨터를 끄고 베란다로 나가 바뀐 계절의 공기를 한껏 들이마셨다. 어느새 봄이다. 봄이 되면 의뢰인들이 많아진다. 사람들은 누구나 봄을 두려워한다. 겨울에는 우울해도 이상하지 않다. 그러나 봄은 우울을 더이상 감출 수 없게 만든다. 자신만이 고립되어 있다는 느낌이 커지는 것이다. 겨울에는 누구나가 갇혀 있지만 봄에는 갇혀 있을 수밖에 없는 자들만이 갇혀 있다.

언젠가 화전민의 가옥, 너와집을 본 기억이 난다. 가장 인상 깊었던 것—너와집은 한지붕 아래에 모든 것을 품고 있다. 가축의 우리와 부엌, 살림방과 난방시설, 곡식 저장소까지. 그들의 아궁이에서 배출된 연기마저 쉽사리 너와집을 빠져나가지 못한다. 그 연기는 굴뚝을 지나서 다시 집 내부를 데운 후에야 조금씩 너와집 밖으로 흘러나갈 수 있다. 10월부터 내리는 눈이 그들을 가두어놓는 것이다. 그러다 눈이 녹기 시작하는 봄이 되면 그들은 너와집을 뛰쳐나와서 산록에 불을 질렀을 것이다. 그것은 마치 축제와 같았을 것이다. 타닥타닥 소리를 내며 산맥의 갈피갈피마다 불꽃들이 일렁였으리라. 그러나 이 시대에는 누구도 그런 축제를 벌일 수 없다. 아무도 무료한 겨울이 지났다는 이유만으로 불을 질러댈 수 없는 것이다. 그러니 이제 사람들은 스스로를 태워버릴 수밖에 없다.

유디트를 만난 것도 그런 봄이었다. 햇살은 따스했지만 바람은 차가웠던 4월이었다. 그날 나는 대학로에서 영화를 보고 있었다. 세 남녀가 있다. 한 남자와 한 여자는 친척이고 나머지 한 남자는 한 남자의 친구다. 여자는 햄버거가게의 여급이고 두 남자는 건달이다. 셋은 도박판에서 딴 돈으로 차를 빌려 여행을 떠난다. 짐 자무시 감독의 〈천국보다 낯선〉이다. 영화는 단 한 번도 등장인물들을 클로즈업하지 않는다. 배우들의 얼굴이 잘 보이지 않으므로 관객들은 지루해하고 관객들 못지않게 배우들 역시 지루해한다. 그들의 생활은 따분하기 그지없는 것이어서 그들의 일탈이란 고작 도박이거나 여행 정도다. 도박을 해봐야 다시 도박으로 날려버리고 여행을 떠나봐야 어디든 거기가 거기다. "여기가 호수야." 여자는 호수를 가리키지만 클리블랜드 호수는 얼어 있고 게다가 폭설이 내리고 있다. 아무것도 보이지 않는다. 멀리 왔는데도 달라진 게 없다고 남자는 투덜거린다. 그 영화엔 그 흔한 연애나 섹스 장면도 등장하지 않는다. 아마 앞부분을 뒷부분에 갖다붙여놓아도 관객들은 개의치 않았을 것이다.

당연히 그날 영화관에는 관객이 별로 없었다. 아마 세 사람 정도였을 것이다. 세 줄 정도 앞에 여자가 앉아 있었는데 그녀가 유디트였다. 그녀는 자다 깨다 하면서도 끝까지 영화관을 떠나지 않았다. 영화가 끝나도 자리에서 일어나지 않았다. 그래서 나도 그 영화를 두 번 보았다. "여기가 호수야." 여자가 호수를 가리킬 때 그녀는 자리에서 일어났다. 비척거리면서 일어나던 그녀가 깡통을 밟았는지 요란한 소리가 빈 극장을 울렸다. 나는 그녀를 따라 나갔다. 열시가 얼추 넘은 시각이었다. 그녀는 마로니에공원 쪽으로 천천히 걸어갔다. 걸어가면서 두 번쯤 다른 사람과 어깨를 부딪혔다. 그녀는 공중전화 부스에 들어가서 수화기를 잡았다가 다시 올려놓았다.

그녀는 한참을 걸어가다가 마로니에공원의 야외공연장 객석에 자리를 잡고 앉았다. 어쿠스틱 기타를 든 두 명의 남자가 노래를 부르고 있었다.

"멀리 왔는데도 달라진 게 없죠?"

나는 그녀 옆에 앉으며 말했다.

"네."

그녀는 가수들 쪽을 계속 바라보면서 대답했다.

"이봐요."

유디트는 담배를 꺼내 물면서 나직하게 나를 불렀다.

"말해요."

"북극에 가보고 싶은 적 없었어요?"

그녀의 입에서 하얀 연기가 흩어졌다.

"북극에 가고 싶어요?"

"전 다녀왔어요. 며칠 전에."

유디트는 낄낄거리기 시작했다.

"참 좋더군요. 세상이 온통 하얀 눈으로 덮여 있어요. 그 하얀 눈을 오래 보고 있으면 모든 것이 검게 변해버리기도 하죠. 거기선 해가 어떻게 뜨는지 알아요? 해가 하늘에서 떠서 하늘로 져요. 그리고 겨울에는 발밑에서 떠서 발밑으로 지거든요. 멋지지 않아요?"

그녀는 그때 처음으로 내 쪽을 쳐다보았다. 나는 고개를 끄덕이면서 맞장구를 치기 시작했다.

"북극에서는 아무도 죽지 않는다죠? 난 북극에 다녀온 사람을 알아요. 그 여자는 젊은 시절에 남편과 함께 북극해를 경유하는 유람선을 탔었는데 그만 배가 좌초하면서 남편이 바다로 떨어졌죠. 남편을 잃은 그녀는 집으로 돌아왔다가 육십대에 다시 북극해로 향하는 유람선을 탔답니다. 남편과의 추억을 회상하려고 했던 거겠죠. 그녀는 갑판에 올라 바다를 바라보다가 멀리서 떠내려오는 유빙을 보았죠. 그 위에는 남편이 있었고요. 가까이 다가온 유빙을 보고 그녀는 바다로 뛰어들었답니다."

"왜요?"

"남편은 이십대의 모습 그대로 얼어 있었거든요. 자신은 할머니가 되어 있고."

"그럴 법하네요. 난 그 여자를 이해할 수 있을 것 같아요."

가끔 허구는 실제 사건보다 더 쉽게 이해된다. 실제 사건들로 이야기를 풀어나가다보면 구차해질 때가 많다. 그때그때 대화에 필요한 예화들은 만들어 쓰는 게 편리하다는 것을 아주 어릴 적에 배웠다. 나는 이런 식으로 이야기를 만들어내는 일을 즐긴다. 어차피 허구로 가득한 세상이다.

우리는 가수들이 마지막 노래를 부른 후에 기타를 케이스에 집어넣고 마이크를 걷어가는 것을 바라보았다. 나는 자리에서 일어서며 그녀에게 명함을 건넸다.

"아무것도 이야기하고 싶지 않다는 사실을 말하고 싶어지면 제게 전화하세요."

그녀는 물끄러미 명함을 바라보다가 말했다.

"아무것도 이야기하고 싶지 않다는 사실마저 말하기 귀찮을 땐 어떻게 하죠?"

"지금은 어때요?"

"그렇게까지 귀찮거나 하지는 않아요. 하지만 잠시 후면 그렇게 될 것 같아요."

그녀는 처음으로 웃었다. 내린 지 오래된 눈처럼 퍼석한 웃음.

"저를 따라오세요."

나는 유디트의 손을 잡아 자리에서 일으켰다. 그녀는 말없이 자리에서 일어나 내 뒤를 따랐다. 내 차에 올라탄 그녀는 몸을 깊숙이 파묻었다. 시동을 걸자 쳇 베이커의 거친 저음이 깔려나온다.

"이 사람 알아요?"

그녀는 아주 천천히 힘겹게 고개를 저었다.

"누군지는 모르겠지만 땅속에서 내 몸을 잡아끄는 것 같네요. 깊이깊이 꺼져버릴 것 같아요."

"쳇 베이커라는 재즈 뮤지션이죠. 별볼일없는 인생을 살았지요. 이름을 날린 때도 있었지만 그렇다고 재즈사에 남을 만한 인물은 아니었죠. 노래를 잘하는 것도 아니고 탁월한 트럼펫 연주자도 못 됐죠. 60년대에는 오로지 마약 살 돈을 구하기 위해 연주를 했다지요."

"그런데 왜 이 사람의 CD를 가지고 있는 거예요?"

"어느 날 레코드점에서 이 앨범의 재킷을 보게 됐죠. 면도도 제대로 하지 않아 수염은 거뭇거뭇했고 머리는 올백으로 넘겼는데 그 때문에 이마의 깊은 주름살들이 그대로 드러난 늙은이가 있었어요. 흑백사진은 인간의 그늘을 보여줘요. 주름살과 주름살 사이에 담긴 한 인간의 인생을 잡아내죠. 그런데 그 남자의 눈동자 위로 카메라 플래시에서 반사된 빛이 반짝이고 있었는데 그게 그렇게 맑아 보일 수가 없었죠. 그 사진을 보는 순간 이제 이 사람은 인생을 다 살았구나 싶더군요."

"그런 걸 어떻게 알 수 있어요?"

"눈동자에서 반짝이던 두 점의 빛은 마지막 희망 같은 거예요. 피로와 권태에 찌든 주름살이 얼굴을 뒤덮고 있어도 숨길 수 없는 게 있어요. 그런 희망은 삶을 향한 게 아니라 휴식을 위한 거예요."

그사이 CD는 두번째 곡을 내보내고 있다. 그의 대표곡인 〈My Funny Valentine〉이다. 감미로움도 값싼 감상도 끼어들지 않는다. 먼 길을 걸어온 자의 초탈이 엿보인다. 욕망을 넘어선 자의 여유로움이다.

"라이브 앨범이에요. 이 콘서트 이 주일 후에 그는 자신이 묵던 호텔에서 떨어져 죽었다고 해요."

"왜 죽었어요?"

"암스테르담 경찰은 사고사로 처리했죠. 그러나 나는 다르게 봐요. 이 음반을 자꾸 들을수록, 그리고 앨범 재킷의 사진을 보면 볼수록 나는 그가 휴식을 선택했다는 쪽으로 생각이 기울거든요."

"유서도 남기지 않았나요?"

"남기지 않았어요. 이 앨범이 유서가 아니었을까 싶어요. 글로 말할 수 있는 사람이 있고 음악으로 말할 수밖에 없는 사람이 있다고 생각해요. 이게 레코딩이 아니라 콘서트였다는 것도 중요하죠. 느낌이 달라지거든요. 관객들 앞에서 자신의 마지막 곡을 연주하는 것과 보이지 않는 누군가를 위해 스튜디오에서 연주하는 것과는 감정의 진폭이 다를 것 같지 않아요?"

"그럴 것 같아요."

나는 차를 출발시켜 그녀가 산다는 집으로 향했다. 서울을 벗어난 위성도시의 임대아파트에 그녀는 살고 있었다. 값싼 철제 가구와

14인치 TV가 놓여 있는 거실에서 커피를 마셨다. 내가 커피를 마시는 동안 그녀는 추파춥스를 입에 물고 앉아 있었다. 그리고 새벽이 밝아올 무렵, 유디트는 나의 고객이 되기로 결정했다. 그로부터 사흘 후, 나는 그녀와의 계약을 이행했다. 그녀와 나누었던 이야기들을 가슴에 묻은 채 나는 빈행 비행기에 올랐다.

빈은 매력적인 도시다. 많은 곳이 이곳을 통해 다른 곳으로 삼투된다. 종교개혁, 표현주의, 나치즘과 같은 이념들이 이 도시를 통해 세상으로 번져나갔다. 지금은 이 도시를 흔히 동유럽과 서유럽을 잇는 관문이라고 부른다. 대부분의 여행자들이 이 도시에서 비자를 받아 체코나 헝가리 등으로 들어가기 때문이다. 히틀러는 한때 이 도시에서 화가가 되려고 했다고 한다. "운명이 나를 총통으로 선택하지 않았다면 나는 미켈란젤로가 되었을 것이다." 히틀러는 자신만만하게 외쳤다. 반면에 모차르트는 이 도시에서 음악을 공부했다. 히틀러는 파시즘과 대중심리 분야에서 천재가 되었고 모차르트는 작곡과 연주로 이름을 높였다. 두 사람의 공통점은 대중을 미혹하는 데 천부적 재질을 타고났다는 점이었을 게다. 하기야 그 시대는 무엇으로든 사람의 마음을 울리기 쉬운 때였다. 안네 프랑크의 일기가 절절할 수 있었던 것이 유대인 대학살이라는 배경이 있기에 가능했던 것처럼 말이다. 그러나 지금 시대에는 그런 일이 도통 가능하지 않다. 이제 죽음은 라이브로 생중계되는 일종의 포르노그래피가 되어 있다. 과거엔 풍문으로 전해지던 학살이 이제는 상세하고 신속하게 위성을 통해 중계된다.

내가 빈으로 간 까닭은 내 의뢰인 유디트 때문이다. 그녀와의 계약을 마무리하자마자 나는 클림트의 나라에 가고 싶어졌던 것이다. 19세기 말과 20세기 초에 걸쳐 활동했던 그는 세기말의 화가답게 탐미적이었고 화려한 그림을 그렸다. 그의 〈유디트〉 역시 장식적이고 현란한 문양 위로 퇴폐미가 충만하다.

"그는 절 유디트라 불렀어요."

"왜 그랬죠?"

"어떤 화가가 그린 유디트를 닮았다나요."

마지막 밤에 그녀에게서 그 얘기를 들었을 때, 나는 그 '어떤 화가'가 누군지 알 수 있었다.

"구스타프 클림트일 겁니다."

수많은 화가들이 성서에서 모티프를 얻어 유디트를 그려왔지만 그녀는 다른 누구의 유디트도 아닌 클림트의 유디트를 닮아 있었다.

"누구라도 상관없어요. 하지만 이름이라도 알게 되어 다행이에요. 그나마 잊어버리겠지만."

유디트는 웃었다.

클림트의 〈유디트〉를 보기 위해서 나는 벨베데레 궁전에 있는 오스트리아 미술관으로 향했다. 트램을 타고 시가지 중심을 끼고 도는 환상도로를 지나 남쪽으로 접어들자 곧바로 궁전이 나타났다. 나는 천천히 궁전 안으로 걸어들어갔다. 수학여행을 온 듯한 어린아이들이 북적거렸고 캠코더를 든 관광객들이 한쪽 눈을 찡그린 채 여기저기를 훑고 있었다. 일제 카메라를 들고 누비던 관광객들은 이제 거의 사라져가고 캠코더의 물결이다. 그러나 비디오카메라는 블랙홀처럼 궁전을 삼키고 궁전 앞 연못을 빨아들인다. 그들 기억 속의 벨베데레는 흐릿하고 푸른 기 감도는 사각의 영상으로 수렴된다. 그들은 기억의 불멸을 꾀하느라 생생한 현재를 희생한다. 처량하지만 인간의 숙명이다.

전시실 이층으로 올라서니 클림트의 〈키스〉 앞에 가장 많은 관람객이 운집해 있다. 다행이다. 〈유디트〉 앞은 훨씬 한산하다. 검은 머리가 비현실적으로 크게 부풀려져 있고 그 배경으로는 평면적 문양들이 금색으로 장식되어 화려함을 더해준다. 그리고 눈. 붉게 상기된 볼과 대조적으로 눈은 뜨는 듯 마는 듯 세상을 내려다보고 있다. 오르가슴에 도달하기 직전, 그 느낌의 근원을 탐색하려는 눈빛이다. 입술은 살짝 벌어져 긴장이 풀려 있음을 보여준다. 풀어헤쳐진 앞가슴은 살색이 아니라 푸른빛이다. 뭉개듯이 은은하게 비추어내는 푸른빛은 죽음의 기운이다. 그래서 유디트의 육체는 시체로 보인다. 시체치고는 너무 매혹적이다(아니면 시체이기에 더 매혹적인지도 모른다). 왼쪽 팔로는 그녀가 베어버린 홀로페르네스의 목을 끌어안고 있다. 검은 머리의 남자는 눈을 감은 채 죽어 있다.

유디트는 적장 홀로페르네스와 섹스를 하다가 목을 베었다. 그런데 목을 벤 후에도 정염의 여운이 남아 있는 것인지 아니면 목을 베는 순간 비로소 오르가슴에 이르렀는지는 알 수 없다.

그림을 보느라 정신이 팔려 있는 동안 한 여자가 내 앞으로 끼어들었다. 그 여자가 그림의 하단을 가리는 바람에 옆으로 살짝 비켜서면서 옆모습을 보니 얼굴의 윤곽이나 눈매가 동남아 쪽 사람이다. 그때 마침 단체관광객이 가이드를 앞세우고 〈유디트〉 앞으로 밀려드는 바람에 나는 전시실을 나와버렸다. 목이 심하게 말라왔다. 내 의뢰인 유디트와 클림트의 유디트. 두 여자가 눈앞에서 어른거리는 통에 어지러움을 느꼈다. 나는 지하로 내려가 카페에 앉아 생수와 베이컨 샐러드를 주문했다. 가져다준 생수는 에비앙이었다. 알프스 산록에서 채취된다는 이 생수는 우리나라 물에 비해 다소 센 맛이 난다.

미술관 카페에서 샐러드를 다 먹었을 때쯤 함께 〈유디트〉를 보던 여자가 카페로 들어섰다. 그녀는 콜라와 크루아상을 주문해서 천천히 먹어치웠다.

두 쪽의 크루아상을 다 먹은 그녀는 미술관에서 구입한 관람가이드를 들여다보았다. 여전히 시선은 클림트의 작품들에서 떠날 줄 모른다. 나는 그녀에게 말을 건넸다. 빈이라는 도시는, 게다가 미술관이라는 곳은 누군가와 이야기를 나누기 좋은 장소다.

"클림트 좋아해?"

내 질문에 여자는 내 눈을 빤히 쳐다보면서 역시 영어로 대답했다.

"아니."

"그런데 왜 클림트의 그림만 보고 있지?"

"네가 상관할 일이 아니야."

그녀는 병에 담긴 콜라를 잔에 부어 마셨다. 어쨌든 나는 그녀의 얼굴을 정면에서 살펴볼 수 있게 되었다. 화장기 없는 얼굴에 기미가 가득했고 얼굴은 햇살에 검게 그을려 있었다. 감출 수 없는 피로감이 가득 서려 있었다.

"어디서 왔지?"

그녀의 악센트에는 중국계 특유의 성조가 섞여 있었다. 나는 그녀가 싱가포르 아니면 홍콩, 마카오 등지에서 왔을 것이라 짐작했다.

"홍콩."

그녀는 짧게 대답했다.

"난 지옥."

그녀는 미간을 좁히며 웃었다.

"재미있는 곳에 사는구나."

"무료한 곳이지. 아무것도 달라지는 게 없어. 여행중인 모양인데 빈에 오기 전에는 어디 있었니?"

"베를린. 사흘 내내 비가 내렸어. 본 거라곤 호텔의 바뿐이었어."

그녀는 관람가이드를 접고 빨간색 말보로를 꺼내 불을 붙여 물었다.

"직업이 뭐야?"

직업이라. 가끔은 카운슬러라고 하기도 하고 작가라고 말하기도 한다. 하지만 이런 질문을 받을 때마다 망설이게 되는 건 사실이다.

"소설가."

"영어나 중국어로 출판한 책이 있니?"

"아니."

그녀는 흥미를 잃은 표정이었다. 여행중에 이런 일을 많이 겪는다. 영어로 출판된 책을 가지고 있지 않은 소설가는 아무것도 하지 않고 사는 인간과 비슷한 취급을 받는다.

"너는?"

"여러 가지 일을 했지. 백화점 점원도 했고 다른 일도 했어. 홍콩에는 백화점이 많아."

"몇살인지 물어도 될까?"

"스물한 살."

나는 조금 놀랐다. 나이에 비해 그늘이 너무 깊다.

"이 도시엔 처음이니?"

"그래. 홍콩에서는 홍콩을 벗어나는 일이 쉽지 않아. 이게 내 첫 여행이야. 홍콩 밖으로 나오는."

한 도시에서 평생을 사는 사람들. 이십 년 동안 서울 밖으로 나가보지 못하는 사람들을 상상하는 일은 쉽지 않다. 영국이면서 중국이고 도시이면서 국가인 땅 홍콩에서 온 여자를 나는 유심히 바라본다. 그녀는 그 복작복작한 홍콩에서 이십 년을 살았다 한다.

"숙소는 구했어?"

내 질문에 그녀는 지도를 꺼내 위치를 확인하는 기색이다.

"마리아 힐퍼 거리에 있는 펜션이야."

빈 서부역에서 중심가 쪽으로 질러오는 거리였다.

대부분의 싼 숙소들이 그쯤에 모여 있기도 하여 내 숙소와는 그리 멀지 않았다.

"내일 함께 시내를 구경하지 않을래? 나는 빈이 세번째거든."

"그러지 뭐."

"그럼 열시에 오페라하우스 앞에서 만나."

나는 지도 위에다 오페라하우스의 위치를 표시해주었다. 그녀는 작은 눈을 치떠 지도를 살펴본 후, 자리에서 일어났다. 나는 숙소로 돌아와 짐을 정리하고 바에 내려가 맥주를 마셨다. 뚱뚱한 할머니 바텐더가 숙련된 동작으로 밀도 있는 거품을 얹은 맥주를 부어준다. 나는 미술관에서 사온 〈유디트〉의 엽서를 꺼내 본다.


"특별히 원하는 방식이라도 있나요?"

마지막 날 나는 유디트에게 물었다. 유디트는 생각하기 귀찮다는 듯 한참을 멍하니 앉아 있다가 내게 떠넘겼다. 이런 일은 종종 있기 때문에 나는 별로 당황하지 않았다.

"당신이 보기에 제겐 어떤 방식이 어울릴 것 같아요?"

"하기 싫은 방식부터 추려봅시다."

나는 노트북 컴퓨터를 꺼내 파일들을 열기 시작했다. 그 속엔 고객에게 보여줄 화면들이 들어 있었다.

"의사, 그러니까 목을 매는 건 싫죠?"

나는 첫번째 사진 파일을 열었다. 야산 나무에 목매단 채 죽은 사람의 모습이 담겨 있다.

"네, 목에 와 닿는 느낌이 불쾌할 것 같아요."

그녀는 왼손으로 목덜미를 만지작거렸다.

"실제로는 아주 간단해요. 보통 사람들은 목을 매달면 약 삼사 분 동안 고통스러워하다 죽는다고 생각하지만 그건 아니에요. 목을 밧줄에 걸고 발판을 치우면 목이 갑자기 밧줄에 걸리면서 부러져버리거든요. 그때 대부분 의식을 잃어버리죠. 그래서 발이 땅에 닿은 채로 죽는 사람도 있는 거지요. 만약 삼사 분 동안 발버둥치다 죽는다면 그럴 수가 없겠죠."

"어쨌든 그건 싫어요."

나는 다음 파일을 열어 보았다. 욕조 속에서 널브러져 있는 남자의 모습이다. 욕조 속의 물이 분홍색으로 물들어 있다.

"이건 서양에서 주로 애용하던 방식이죠. 로마시대부터 귀족들 사이에 널리 퍼져 있던 거예요. 뜨거운 물에 몸을 담그면 혈액순환이 빨라지기 때문에 생각보다 빨리 목적을 이룰 수 있어요. 동맥을 자르는 일이 힘들지만 일단 그것만 할 수 있다면 그다음은 편안해요. 물속으로 붉은 피가 퍼져나가는 모습을 지켜보면서 죽을 수 있죠. 이때 출혈 때문에 일종의 쇼크상태에 빠져들면서 기력이 없어지고 정신은 차츰 몽롱해지죠. 하지만 전 권하고 싶지가 않아요."

"왜죠?"

"몇몇 의뢰인들이 이 방식을 고집하는 바람에 하긴 했는데 저더러 동맥을 잘라달라는 사람들이 많았거든요. 전 손에 피를 묻히는 건 싫어해요. 그리고 그건 이 일의 의미를 훼손하기 때문이기도 하고."

"하긴, 그래서 결국 하지 않았나요?"

"하지 않아야 할 일은 절대로 하지 않아요."

"그럼 그 사람들이 다른 방식을 택했나요?"

"아니요. 결국 스스로의 힘으로 해낼 수 있었죠. 그렇게 되기까지 저와 더 많은 대화가 필요했지만."

"그랬군요."

그때 유디트의 모습이 아직도 생생하다. 처음 만났을 때와는 확연히 다른 면모를 그녀는 보여주고 있었다. 생기. 그녀는 나와 만난 후 처음으로 얼굴에 생기를 띠고 있었다.

"갑자기 신이 나는 거 있죠. 내게 인생이란 제멋대로인 그런 거였어요. 언제나 내 뜻과는 상관없는 곳에 내가 가 있곤 했거든요. 그런데 지금은 달라요."

미세하게 들뜬 유디트를 바라보면서 나는 다시 한번 내가 하는 일의 의미를 되새길 수 있었다. 그녀는 이제 더이상 입에 추파춥스를 물고 있지 않았다. 마치 컴퓨터를 처음 배우려는 학생처럼 내 노트북 화면에서 눈을 뗄 줄 몰랐다.

유디트 같은 고객을 만났던 건 행복한 일이다. 그녀를 생각하니 마음이 푸근해졌다. 나는 할머니 바텐더에게 맥주를 한 잔 더 주문해서 단숨에 들이켰다. 그러곤 객실로 올라가 샤워를 하고 잠이 들었다.


다음날 아침 홍콩에서 온 여자는 오페라하우스 앞에 먼저 나와 있었다. 어제와는 달리 검은 선글라스를 끼었고 한 손에는 코카콜라 캔을 들고 있었다.

"날 어디로 데려갈 거야?"

"미술사박물관."

"좋아."

그녀는 캔에 남은 콜라를 다 마셔버리고 내 뒤를 따랐다. 오페라 하우스에서 서쪽 방향으로 걸어가면 그쪽에 미술사박물관과 자연사박물관이 자리잡고 있다. 비엔나의 4월은 아직 추웠다. 바람이 거세게 불었고 차가웠다. 걸어가는 동안 우리는 자주 몸을 웅크려야만 했다.

미술사박물관은 합스부르크 왕가의 컬렉션이 소장되어 있는 곳이다. 그 앞에는 자연사박물관이 마주 보고 있다. 한때는 왕궁이었다 한다. 마리아 테레지아 광장에 서서 르네상스풍의 장엄한 건축 양식을 맞닥뜨리고 나니 그 안의 소장품들도 지루할 것 같은 느낌이 들었다. 그러나 강한 바람이 휘몰아치고 있었기 때문에 우리는 따뜻한 미술관으로 들어가기로 했다. 외투와 짐을 입구에서 맡기고 홀가분하게 한때 귀족들이나 거닐었음 직한 회랑 속으로 걸어들어갔다.

역시나 그림은 지루했다. 이집트 왕들의 미라와 미라를 지키는 자칼의 석상들. 팔다리가 잘려나간 그리스의 전사들. 모두 거세된 채로 웅장했다.

우리는 기원전 5세기에 출토되었다는 쿠로스 상 앞에 멈추어 섰다.

"멋지지 않니?"

"아니. 힘차게 보이는 조각들은 역겨워."

그녀는 고개를 저었다. 우리는 이층으로 올라갔다. 이층에는 주로 르네상스 이후의 작품들이 전시되고 있었다. 우리는 풍경을 보는 듯한 자세로 미술관 안을 쏘다녔다. 갤러리 한쪽에선 특별전시가 열리고 있었다. '명화 속의 에로티시즘'. 우리는 별 생각 없이 그 방으로 들어섰다.

티치아노나 루벤스, 카라바조의 그림들이 몇 점 눈에 띄었고 등장하는 캐릭터는 전쟁의 신 마르스, 에로스, 비너스, 제우스 따위였다. 현실의 인간들이 사랑하는 모습을 그릴 수 없었던, 신화의 프리즘을 통해서만 자신을 드러내야 했던 화가들이 안쓰러웠다. 아무리 에로티시즘을 느껴보려고 해도 부질없었다. 너무 정제되고 감추어져 있어 다가오는 것이 아무것도 없었다. 나는 그녀의 팔을 잡아끌었다.

"그만 나가자."

그녀가 고개를 끄덕였다.

"배가 고파."

우리는 미술관 안에 있는 카페로 들어가서 샌드위치를 사먹었다. 나는 들고 다니던 생수를 마셨고 그녀는 콜라를 마셨다. 그녀는 처음 만났을 때보다 더 피로해 보였다.

"홍콩의 야경이 멋지다며?"

"지옥보다야 낫겠지."

우리는 웃었다.

"하지만 그건 멍청한 질문이야. 자신이 사는 곳을 멋지다고 생각하는 사람은 없어."

그녀의 말이 맞다. 나는 에비앙을 한 모금 더 마시고 담배를 피워 물었다.

"다음에는 어디를 갈 거니?"

그녀가 물었다.

"네가 가는 도시로."

그녀는 눈을 크게 뜨며 물었다.

"내가 어디로 갈 건데?"

"피렌체."

그녀가 베를린에서 왔다면 남쪽으로 갈 것이 확실하다. 이곳에서 밤기차로 이동할 수 있는 남쪽 도시라면 피렌체일 것이다. 동유럽으로 들어갈 요량이었다면 베를린에서 바로 들어갔을 테지.

"어떻게 알았어?"

"직감이야. 지옥에서 온 사람은 다른 사람의 마음을 읽을 수 있어."

"피렌체는 따뜻할 것 같아. 베를린과 빈은 너무 추워."

홍콩처럼 따뜻한 곳에서 살던 사람에게는 이 정도 날씨도 혹한으로 느껴질 것이었다. 그날 저녁 그녀는 자신의 숙소로 돌아가지 않았다.


다음날 피렌체로 향하는 기차 속. 그녀와 나는 불 꺼진 객실 안에서 창밖을 바라보고 있다. 여섯 명 정원인 객실에는 우리 말고는 아무도 없다. 바깥도 역시 캄캄하다. 기차는 롬바르디아 평원을 지나고 있다. 얼굴에 기미가 가득한 그녀는 잠시 후 잠이 든다. 나는 잠을 이루지 못하고 뒤척이면서 그녀가 잠든 모습을 멍하니 바라보았다.

지난밤 그녀는 저렇게 곯아떨어졌다. 섹스가 끝나자마자 그녀는 침대 곁에 놓인 플라스틱 병에 담긴 콜라를 들이켰다. 한도 끝도 없이 들이켜는 콜라. 저렇게 해서 갈증이 해소될까? 나는 궁금했다. 그녀는 마시고 또 마셨다. 기어이 병이 바닥을 보일 때까지…… 콜라를 다 마시자마자 그녀는 잠이 들었다. 이제 할 일을 다 마쳤다는 듯이.

의사소통이 원활하지 않은 사람과 섹스하는 일은 편안하다. 잡념 없이 감각에만 집중할 수 있어서 좋다. 그녀는 광둥어 특유의 성조로 몇 마디 뇌까렸을 뿐이고 나는 그 말을 알아들을 필요도, 의무도 없다는 사실에 편안해했었다. 그건 그녀 역시 마찬가지였을 게다.

기차가 이탈리아 국경에 이르자 세관원들과 경찰들이 올라와서 여권을 검사한다. 그녀의 여권은 엘리자베스2세의 이름으로 발행되어 있다. 잠에서 깨어난 그녀는 콜라를 찾는다. 그러나 콜라병은 이미 비어 있다. 그제야 그녀는 허둥대기 시작한다. 나는 내 생수병을 내밀었다. 그녀는 미간을 찡그리며 거부했다.

"싫어. 생수 따위는 마시지 않아."

그러고 보니 그녀와 만난 후, 한 번도 그녀가 물을 마시는 걸 본 적이 없다. 그녀는 늘 콜라 아니면 다른 음료를 마셔왔다.

"이상하군. 왜 마시지 않지? 홍콩에서는 물을 마시지 않나?"

그녀는 내 얼굴을 뚫어져라 쏘아보았다. 그 눈길에 담긴 적의가 너무 날카로워서 나는 나도 모르게 몸을 뒤로 젖혔다.

"왜 그래?"

"나에게 절대로 물을 권하지 마. 나는 물을 마시고 싶지 않단 말야."

never를 두 번이나 강조하는 그녀의 어조에 질려서 나는 불쾌해져버렸다. 기차는 이탈리아 국경을 지나 파도바에 잠시 정지한 후 피렌체를 향해 계속 달려갔다.

그동안 나도 설핏 잠이 들었다. 그러다 깨어났으나 계속 어두운 밤이었다. 차창 밖으로 별들이 찬연히 빛났다. 나는 차창을 조금 열어보았다. 기차가 달리는 소음이 유난히 크게 들렸다. 그래도 그녀는 깨어나지 않고 곤히 잠들어 있었다. 피렌체가 가까워져서일까. 밤바람도 그리 차갑게 느껴지지 않았다.

그때 쿵, 소리와 함께 날카로운 브레이크 소리와 함께 여기저기서 승객들의 가방이 떨어졌다. 그녀는 잠에서 깨어났다. 나는 자리에서 일어나 차창 밖으로 고개를 내밀어보았으나 아무것도 보이지 않았다. 차장이 이탈리아어와 독일어로 무엇인가를 황급한 어조로 주워섬겼으나 알아들을 수 없었다.

"독일어나 이탈리아어 할 줄 알아?"

"아니."

우리는 가만히 앉아 상황의 진전을 기다렸다. 기차가 무엇엔가 충돌했거나 아니면 누군가 비상 브레이크를 사용한 모양이었다. 우리는 빈 객실에 멍하니 앉아 서로의 얼굴을 바라보면서 시간을 보냈다. 그렇게 한 시간, 그리고 또 한 시간이 흘러갔다.

"누군가를 사랑해본 적 있어?"

그녀가 내게 물었다.

"아니."

"난 있어. 백화점에 서 있으면 남자들이 많이 찾아와. 우리는 직업의 특성상, 그들을 쉽게 거절하지 못해. 화도 내지 못하고. 그냥 웃고 있어야 해. 나는 차茶를 팔았어. 그런데 어떤 남자가 매일 차를 사가면서 내게 말을 걸었어. 내게 말을 걸기 위해서 차를 산 건지 아니면 차를 매일 사가기 위해 말을 걸어온 건지는 잘 모르겠어. 그러던 어느 날 그 남자가 더이상 차를 사러 오지 않았어. 그게 내 첫사랑이었어. 그래서 나는 그뒤로 차를 마시지 않아."

"그다음에는 생수를 팔았니?"

그녀는 다시 나를 노려보았다.

"넌 개새끼야."

나는 그녀의 입에서 튀어나온 욕설에 놀랐다. 그녀는 영어로 욕하는 법을 알고 있었다. 욕을 내뱉은 후, 그녀는 보란 듯이 내 손에서 에비앙 생수병을 빼앗아서 입을 대고 꿀꺽꿀꺽 마셨다. 나는 불안한 마음으로 그녀를 지켜보았다. 에비앙 병을 깨끗이 비운 그녀는 다시 한번 나를 노려보고는 객실 밖 복도로 나갔다. 나는 그녀의 움직임을 눈으로 보았다. 그녀는 화장실 쪽으로 비틀거리면서 걸어가다가 복도 한가운데서 쓰러지고 말았다. 기차의 연착이 지루해서 복도에 나와 있던 사람들이 우르르 그녀에게 몰려갔다. 나는 뛰어가서 사람들을 제치고 그녀를 안았다. 그녀의 등을 안고 일으켜세우려 하자 그녀는 허리를 꺾고 그 자리에서 구토를 하기 시작했다. 나는 난감해졌다. 객실로 돌아가서 휴지와 비닐봉지를 챙겨 돌아올 때까지 그녀는 계속 구토를 하고 있었다.

기차가 멈춘 지 두 시간이 지났다. 멀미를 할 계제도 아니었다. 그렇다면 왜? 그녀는 내가 가져다준 휴지와 비닐봉지를 빼앗아서 자신의 토사물을 깨끗하게 치웠다. 그러곤 화장실로 들어가면서 내뱉었다.

"내가 그랬잖아, 물을 권하지 말라고."

"앞으로는 조심하지."

그녀가 화장실에 간 사이에 기차는 천천히 출발했다. 다시 이탈리아어와 독일어로 안내방송이 나왔으나 역시 나는 알아듣지 못했다.

그리고 어느새 나는 다시 유디트를 생각하고 있었다. 여러 방식을 두고 고민하던 유디트는 결국 가스를 선택했다. 나는 난색을 표했다.

"그건 좀 위험해요."

"위험?"

유디트는 웃었다. 그녀가 그러는 것도 당연했다. 자살을 꿈꾸는 자에게 위험을 경고하다니.

"누군가 현관문을 부수고 들어올 때 폭발할 가능성이 있어요."

"폭발이라, 멋지겠군요. 하지만 그렇게까지 하고 싶지는 않아요. 그런 걸 막아주는 게 당신의 일 아니에요?"

방법이 없는 것은 아니었다. 일정한 시간이 지난 후에 내가 119에 전화를 해주면 된다. 그 얘기를 해주자 그녀는 편안해했다. 나는 구체적인 일정을 알려주었다.

　"저녁 열한시쯤. 방문과 창문을 천으로 틀어막아야 돼요. 가스가 새어나가지 않도록 해야지요. 그다음에는 전기 플러그를 모두 뽑고 전화선도 제거해야 됩니다. 스파크가 일거나 하면 폭발할 우려가 있거든요. 그다음엔 유서를 쓰는 겁니다. 미리 써놓아도 상관은 없겠죠. 유서가 있으면 쉽게 자살로 처리됩니다. 유서는 가능하면 구체적으로 쓰는 게 좋아요. 구체적이지 않은 유서는 경찰의 의심을 받아요. 경찰이 자살과 타살을 구별하는 요소 중 하나는 일단 유서가 있느냐 없느냐, 그다음에는 유서의 내용이에요. 타살된 후에 누군가 대신 작성한 유서는 대체로 추상적이게 마련이거든요. 구체적으로 주변인물을 거론하면서 쓰는 게 좋아요. 아무개야, 너에게 미안하다. 그때 이러이러해서 서운하게 했던 점 미안하게 생각한다. 이런 식으로 말이에요. 날 위한 최소한의 배려라고 생각해요."

　"힘들군요."

　"정 어려우면 제가 가지고 있는 문안 중에서 적당한 걸 골라서 써도 되지만 이왕이면 마지막 쓰는 글이니만큼 자신이 작성하는 게 좋겠죠."

　그녀는 막바로 유서를 쓰기 시작했다. 그녀는 몇 장의 종이를 찢으면서 열심히 써내려갔다. 그동안 나는 TV를 보면서 위스키를 마셨다.

꽃의 도시 피렌체에 도착한 시간은 오전 열한시경이었다. 약 세 시간을 연착한 셈이었다. 우리는 피렌체에 내려 가장 먼저 그녀가 마실 콜라를 샀다. 그녀는 걸신들린 것처럼 콜라를 마셔댔다. 우리는 피렌체의 상징 두오모까지 천천히 걸어갔다. 흰색과 청색 대리석으로 장식된 거대한 성당 앞에는 역시 같은 대리석으로 기립한 세례당이 있었다. 마치 탑처럼 생긴 그 건물의 사면에는 기베르티 등 르네상스시대의 조각가들이 제작한 부조들이 문을 장식하고 있었다.

"난 탑이 싫어."

그녀가 두오모의 종루를 올려다보며 말했다.

"왜?"

"토할 것 같아."

우리는 두오모 앞 계단에 앉아 담배를 피웠다. 그녀는 반쯤 피우던 담배를 분질러서 떨구며 말했다.

"누군가를 깊이 사랑하면 구토가 나와."

"탑을 사랑했나?"

"바보. 탑을 사랑하는 사람은 없어."

"베키오 다리를 보고 싶어."

그녀는 가이드북에 나와 있는 베키오 다리의 사진을 내게 보여주었다. 그녀와 나는 우피치 미술관을 지나서 베키오 다리까지 걸어갔다. 베키오 다리 위에는 몇 세대에 걸쳐 누더기처럼 기워진 집들이 얹혀 있었다.

"저 다리가 보고 싶었어. 옛날부터."

"예전부터 알고 있었니?"

"내 방에 영국항공 달력이 걸려 있었는데, 1월달의 사진이 베키오 다리였어. 더덕더덕 얹혀 있는 집들이 보기 좋았어. 저 다리 위로 해가 지는 모습이 담겨 있었어. 저 다리, 멋지지 않아?"

철거되기 직전의 빈민촌 같은 모습이었다. 그러나 오랜 세월의 풍상이 묻어 있다는 느낌은 들었다.

"모든 것이 무절제하게 섞여 있는 게 보기 좋아. 그리고 여긴 따뜻하잖아."

피렌체는 비엔나에 비해 훨씬 따스했다. 우리는 벼룩시장과 몇 개의 미술관을 돌아보고 숙소로 정한 작고 허름한 호텔로 들어갔다. 들어가자마자 그녀는 샤워를 하고 옷을 갈아입었다. 나는 슈퍼에서 사온 차갑지 않은 캔맥주를 마셨다.

"지옥에서는 섹스를 어떻게 하지?"

맥주를 마시면서 그녀가 물었다.

"지옥에서는 섹스를 하지 않아."

"거짓말. 지옥에서는 섹스만 할 것 같아."

"왜 섹스만 한다고 생각해?"

"구역질이 나거든."

"그런데 왜 나랑 섹스를 하지?"

"가끔 뱃속에 있는 걸 토해내고 싶은 때 없어? 원하지 않아도 뱃속은 늘 이상한 것으로 가득 차. 그럴 때마다 나는 섹스를 해."

"백화점을 그만둔 후에는 뭘 했지?"

"바에서 일했어."

"바텐더?"

"아니, 난 너무 어렸어. 바텐더는 시켜주질 않아."

"그럼 뭘 했어?"

"마네킹."

"마네킹?"

나는 그때 〈마네킹〉이라는 영화를 생각하고 있었다. 마네킹을 사랑했더니 그 마네킹이 사람이 되더라는 얘기. 마네킹보다 사람은 더 우월한 존재일까. 왜 만화영화의 요괴들과 사이보그들은 사람이 되지 못해서 안달일까?

"나는 바에 앉아 있는 마네킹이었어. 바 앞에 있는 의자에 앉아 있는 게 아니라 바 위에 앉아 있었지."

"그 위에 앉아서 뭘 했는데?"

"난 종이로 만든 옷을 입고 있었어."

"재미있는 일이군."

"그 종이옷은 한 조각 한 조각씩 떼어지도록 되어 있어. 그리고 그 조각마다 가격이 적혀 있어. 사람들은 나를 바라보면서 술을 마시다가 돈을 지불하고 그 가격에 맞는 종이를 떼는 거야. 나는 아무 말도 해서는 안 돼. 사람들은 내게 말을 걸고 싶어해. 종이를 뗄 때마다 변하는 내 표정을 보고 싶어했어."

"나라도 그랬을 거야."

"그래. 하지만 그런 걸 이해하기엔 난 너무 어렸어. 그런데 사람이란 참 묘한 거야. 그 누더기 종이옷을 입고 있으면 이상해져. 사람들이 음탕한 눈빛으로 종이를 떼어갈 때는 싫다가도 아, 누군가 이 종이들을 다 떼어주었으면 하고 바라게 되기도 하거든. 영업이 끝날 때까지도 종이가 남아 있으면 서글픈 마음이 들곤 했어. 난 누더기 같은 종이쪼가리들, 이제는 돈으로도 환산되지 못할 종이쪼가리들만 몸 여기저기에 붙이고 마네킹이 되어 앉아 있구나 싶어서 말야. 그런 기분 이해해? 이해하지 못할 거야. 누구도 마네킹을 이해할 수는 없어."

"그래."

"어느 날 어떤 남자가 나타났어. 그 남자는 그날부터 매일 내 앞에서 술을 마셨어. 말 한마디도 건네지 않은 채로 말야. 그 남자는 맥주 한 병을 마시고 내 왼쪽 젖가슴에 붙은 삼십 달러짜리 종이 한 장을 떼어냈어. 드러난 내 왼쪽 젖가슴을 보면서 맥주 한 병을 마시는 거였어. 그다음 날도, 그다음 날도. 그는 별볼일없는 회사원이었을 뿐이야. 후줄근한 양복에 질 낮은 넥타이를 매고 있었거든. 나는 그 남자에게 내 왼쪽 젖가슴을 줘버리고 싶었어. 그가 밤새도록 만지게 하고 빨게 하고 그러면서 잠들게 하고 싶었어. 그렇지만 그럴 수 없었어. 손님과 자는 게 발각되는 날이면 내 젖가슴은 잘려버리고 말거니까. 그는 그렇게 한 달 동안 내게 찾아와서 내 왼쪽 젖가슴만 지켜보다가 돌아갔어. 난 미칠 것 같았지."

그녀는 내가 마시던 맥주 캔을 빼앗아 한 모금을 들이켰다.

"그러던 어느 날 다른 남자가 나타났어. 그 남자는 아르마니 양복을 입고 있었고 아무래도 뒷골목의 건달 같았어. 그 남자는 내 앞에 앉자마자 삼백 달러짜리, 그건 가장 비싼 거였어, 그걸 떼어냈어. 몸에 붙은 다른 종이들은 다 내버려둔 채로 그는 가장 비싼 부분을 떼어낸 거지. 난 오히려 수치심이 덜 들었어. 그는 가장 비싼 부분부터 떼어내기 시작해서 마지막 가장 싼 부위의 종이까지 다 떼어냈어. 그런 다음 그가 손짓을 하자 누군가 달려와 내게 옷을 입혀주었고 나를 차에 태웠어. 모든 종이쪼가리를 다 떼어준 사람은 그가 처음이었어. 난 그를 사랑해야 한다고 생각했지."

그녀는 병에 담긴 콜라를 마셨다. 벌컥벌컥.

"나는 그의 집에서 살기 시작했어. 그의 집에서도 나는 종이옷을 입었더랬어. 단 한 사람 그를 위해서 말야. 그는 그때마다 돈을 지불하고 종이를 떼어냈어. 그러면 나는 그를 위해 일을 시작했지. 하지만 그와 섹스를 해본 적은 없어. 대신 그 남자와 사는 석 달 동안 일 리터는 족히 넘을 그의 정액만 마셨을 뿐이야. 그는 결코 삽입 따위는 하지 않아. 종이옷을 다 떼어내면 나를 무릎 꿇리고 자신의 정액을 마시게 하고, 그러곤 잠드는 거야. 그때마다 난 저 에비앙 생수를 마셨어. 아마 그 남자의 집에서도 저 에비앙을 마셨을 거야. 입에서는 언제나 정액 냄새가 났고 나중에는 저 에비앙에서도 정액 냄새가 났어. 어느 날부터인가 나는 그의 정액을 모으기 시작했어. 그는 재미있어했어. 아껴두었다가 마시겠다고 했거든. 그가 사정을 하면 그 정액을 빈 에비앙 병에 모아서 냉장고에 보관하기 시작한 거야. 드

디어 그 병에 그의 정액을 가득 채우던 날, 나는 다시 종이옷을 입었어. 그는 돈을 지불하고 내 종이옷을 모두 떼어냈어. 그는 의자에 앉아 내가 무릎을 꿇기를 기다렸어. 나는 그의 등뒤로 돌아가 그에게 총을 겨눴어. 에비앙 병에 가득 찬 그의 정액을 그에게 남김없이 다 마시게 했어. 그는 토하더군. 그런 그를 놓아두고 도망을 나왔어. 그게 이 여행이야."

그녀의 이야기엔 허구의 냄새가 섞여 있다. 그렇지만 어디서부터 어디까지가 거짓말인지는 알 수 없다. 아마도 마지막 부분이 거짓말이 아닐까 싶었다. 어쩌면 그녀는 그 남자에게 버림받았는지도 모른다. 권총으로 위협해서 자신의 정액을 마시게 만드는 상상을 밤마다 해왔던지도 모르겠다. 그러나 상관없다. 그녀의 말이 사실이든 어느 정도 허구든 분명한 건 그녀가 물을 마시면 토한다는 것이다. 나는 그녀를 위로하기로 했다.

"우린 모두 도망자군."

"넌 뭘 피해 도망을 쳤니?"

"난 너처럼 절박하거나 하진 않아. 난 언제나 나를 피해서 도망다녀. 지옥에선 그래."

"너도 네 정액을 마셔봐. 그럼 더이상 도망다니지 않아도 될 테니."

그녀는 내 무릎 위로 올라앉았다. 서로의 다리를 엇갈린 채로 마주 앉아서 우리는 입을 맞췄다. 그녀와 나 사이에는 물을 먹을 수 있는가 없는가만큼의 간극이 있었다. 비록 입을 맞추고 있다 해도, 그

78

리하여 결국 몸을 섞게 된다 해도 가까이 갈 수 없는 그런 강 말이다.

앉은 채로 이루어진 섹스가 끝나고 우리는 비틀거리며 의자에서 일어났다. 콜라를 찾던 그녀가 에비앙 병으로 손을 뻗친다. 어둠 속에서 그녀는 그 생수를 콜라인 줄 알고 마실지도 모른다. 나는 내버려둘 것이다. 계속 토하라. 그것도 지치면 더는 토하지 않게 될 터이니.

다음날 우리는 서로의 갈 길로 떠났다. 나는 그리스로 가기 위해 브린디시로, 그녀는 베니스로 향했다. 다행히 브린디시행 기차가 먼저 왔다. 플랫폼에서 손을 흔들던 그녀, 홍콩으로 잘 돌아갔을지 궁금하다.


나는 컴퓨터로 돌아가 다시 파일을 열었다. 소설의 나머지 부분을 손질해야 한다. 날이 밝기 전에 일을 끝낼 수 있었으면 좋겠다. 밤에 시작한 일은 해가 뜨고 나면 리듬이 급격히 흐트러지기 때문이다. 나는 유디트와 홍콩에서 온 여자에 대한 생각을 접어두고 다시 일에 매달리기로 했다.

# 4. 미미

권태는 더이상 내 사랑이 아니다.
—A. 랭보, 「나쁜 혈통」

K에게서 전화가 걸려왔을 때, C는 그 소식이 유디트에 관한 것임을 직감했다. C의 인생에서 불길한 소식은 언제나 이른 아침에 전달되었다. K는 차분한 목소리로 유디트가 평온하게 세상을 떠났음을 알려주었다. K는 결코 그를 비난하지 않았다. 그것이 C를 더욱 불편하게 만들었다. 그래서 C는 잠자코 K의 말을 듣고만 있었다. K는 전화를 끊기 전에 한마디 물어보는 것을 잊지 않았다.

"형과 여행을 떠났던 날, 그애 생일이었던 것, 형은 알고 있었겠지?"

"알고 있었어. 하지만 믿지는 않았었어. 나중엔 믿게 되었지만."

"난 그애가 죽고 나서야 그날이 생일이었다는 걸 알게 됐어."

K는 C의 말을 기다리지 않고 전화를 끊었다. C는 시계를 보았다. 아침 열시. 커튼을 젖히자 그제야 빛살이 방 안을 가득 메웠다. 베란

다로 나가 담배를 한 대 피워물 때까지도 머릿속이 휑하니 비어 있는 느낌이 들었다. 그는 난간에 기대어 아래를 내려다본다. 이십층에서 내려다본 세상은 멀쩡하게 돌아가고 있었다. 누구도 이 아침에 유디트를 닮은 여자를 생각하거나 하지는 않을 것이다. 그는 담배를 비벼 <u>끄</u>고 부엌으로 걸어가 지난밤에 쌓아놓은 식기들을 개수대에서 꺼내 말끔히 씻은 다음 건조대에 차곡차곡 올려놓았다.

그동안 가스레인지에서는 물이 끓기 시작했고 그는 커피를 만들어 마시면서 전날 사다 놓은 바게트를 집어먹기 시작했다. 아침을 먹으면서 뒤적이던 조간신문 한구석에는 오늘 개막하는 전시회 기사가 실려 있었다. 그의 출품작에 대한 코멘트도 얹혀 있었지만 단 두 줄뿐이어서 그는 아침을 다 먹기 전에 그 기사를 일별할 수 있었다. 읽다보니 그 기사는 전시회 주최 측에서 각 신문사에 돌린 보도자료를 약간 손본 정도에 불과했다. 그 사실을 알고 나니 그 신문에 실린 다른 기사들에도 별로 신뢰가 가질 않아서 그는 머리기사들만 짚어보고는 신문을 덮었다.

눈이 몹시 퍼붓던 그날을 C는 다시 생각한다. 다섯 달 전 제설차를 타고 떠나간 그녀의 모습이 차츰 현실적으로 느껴지기 시작했다. 그는 그 다섯 달 동안 잊고 있었던 그녀의 부재가 새삼스럽게 그의 삶 속으로 틈입하기 시작하는 것을 느꼈다. 그는 소파에 몸을 파묻고 유디트를 떠올려보았다. 그러나 그녀의 얼굴 생김 같은 구체적인 것은 하나도 생각나지 않았다. 대신, 북극, 추파춥스, 둥글게 뭉쳐진 눈덩이, 메마른 섹스 따위만 어지럽게 명멸했다.

그럴 즈음, 전화벨이 다섯 번쯤 울려대더니 자동응답기가 작동하였다. 얼굴 가득 면도 크림을 바르고 있던 그는 응답기에서 울려나오는 그녀의 목소리를 들었다.

"계시는 거죠? 저 지금 올라가요."

면도날이 턱 어딘가에 작은 생채기를 냈다. 하얀 거품과 섞여 피는 분홍색이 되었다. 그는 개의치 않고 계속 칼질을 했다. 향료를 구하러 떠나는 범선이 그려진 올드스파이스 로션을 탁탁 두들기며 얼굴에 발랐다. 상처 쪽이 심하게 따끔거렸다. 방으로 돌아가 간단하게 옷을 걸치자 벨이 울렸다.

미미는 인사 대신 그의 볼 쪽으로 코를 들이대더니 냄새를 맡는 시늉을 했다. 그러더니 무슨 뜻인지 모르게 고개를 끄덕이고는 긴 부츠를 벗어 내던졌다. 소파 깊숙이 몸을 파묻은 그녀는 두 무릎을 끌어당겨 자신의 손으로 감싸안았다.

"커, 피."

그녀는 중요한 비밀이라도 속삭이듯 말했다.

"갈아놓은 게 없는데…… 레몬차 마실래요?"

그녀는 고개를 가로저었다.

"그럼 지금 갈아요. 기다릴 테니."

C는 별다른 대꾸 없이 커피 원두를 곱게 갈았다. 커피를 가는 동안 그녀는 노래를 불렀다. 정확한 곡목을 추정할 수 없는 그런 곡조를 그녀는 자주 흥얼거렸다. 청색 자기잔에 커피를 따라 가져다주었지만 미미는 손도 대지 않았다. 그저 멍하니 베란다 쪽만 바라보고

있었다.

"오늘 작업, 할 거죠?"

그녀가 물었다.

"오늘?"

그가 되묻자 그녀는 고개를 끄덕였다.

"하고 싶어요, 오늘 꼭."

그녀는 몸을 일으키고는 치마를 벗어내렸다. 그는 그녀의 팔목을 잡고 말했다.

"벌써 벗을 필요는 없잖아요. 커피나 마시고 하죠."

그러나 그녀는 치마와 스웨터를 벗어버렸다.

"그렇다고 입고 있을 필요도 없잖아요. 가운이나 주세요."

그는 그녀에게 다소 헐렁하게 느껴질 가운을 가져다주었고 그녀는 그것을 입은 후에야 편안한 표정으로 느긋하게 커피잔에 손을 댔다.

"커피 맛있어요."

그녀는 오른손으로는 커피잔을 든 채, 왼손을 머리 뒤로 돌려 꽂혀 있던 핀을 뽑았다. 그러자 그녀의 갈색 머리카락이 방 안을 가득 메울 것처럼 출렁였고 그는 미미한 어지럼을 느꼈다. 그녀는 헝클어진 머리를 다잡기 위해 몇 번쯤 고개를 가볍게 흔들었다.


석 달 전 어느 날. C는 대학로의 한 카페에 앉아 있었다. 자동차 두 대가 사이드미러를 스쳐야만 비켜갈 수 있을 만큼 좁은 소방도로를 사이에 두고 두 카페가 마주 보고 있는 곳이었다. 그날 만나기로 한 상대는 한 시간이 지나도 나타나지 않았다. 늘 그러는 줄 알면서도 C는 약속된 시간에 맞추어 나타난다. 사람을 기다리는 시간은 유쾌하다. 그 시간 동안은 아무것도 하지 않아도 좋다. 책을 읽어도 되고 지나가는 사람을 구경해도 재미있다. 적어도 그 시간만큼은 어떤 부채의식에도 시달리지 않을 수 있다. 뭔가를 해야 한다는 강박에서 자유롭다. 반대로 누군가를 기다리게 하는 일은 불쾌하다. 그 시간은 사람을 조급하고 비굴하게 만든다. 그래서인지 C는 언제나 누군가를 기다리고 있다.

카페의 시원스러운 통유리는 쾌적한 전망을 제공해주고 있었다. 건너편 카페도 다를 바 없다. 마치 거울을 보는 것 같다. 그는 길가에 연한 자리에 앉아 건너편 카페를 주시하고 있었다. 그쪽에서는 회색 양복을 입은 사람이 커피를 마시면서 그를 힐끔거렸다. 회색 양복과 그는 가끔 눈이 마주치기도 했는데 그때마다 그는 불편함을 느꼈다. 그는 길거리를 지나는 사람들 쪽으로 시선을 돌렸다. 그 사람들도 꼭 한번씩은 커피전문점 안을 들여다보고 지나갔고 역시 가끔은 그와 눈이 마주쳤다. 그러다보니 그 통유리창이 스크린처럼 생각되었다. 이를테면 그는 커피 마시는 배역을 맡은 배우고 바깥의 사람들은 관객인 셈이다. 아니면 그 반대일 수도 있을 것이다. 행인1, 행인2, 행인3…… 대부분은 행인의 역할을 잘 수행하며 지나갔지만 몇몇은 신참 엑스트라처럼 '렌즈'를 쳐다보고 지나갔다.

아마 그때 C는 전시회에 출품할 작품을 구상하기 시작했을 것이다. 그때만 해도 비디오아트와 설치미술을 결합한 형태의 작품을 내

놓겠다는 대략의 요량뿐, 구체적인 주제나 기법이 잡히지 않아 세월만 죽이고 있었기 때문이다. 그럴 때 그의 구상은 태평양의 섬 하나를 천으로 뒤덮는 크리스토 식의 환경미술까지 확장되었다가 비디오 카메라 두 대와 컴퓨터 한 대가 고작인 자신의 현실로 축소되기를 반복했다. 태평양과 자신의 아파트를 세 번쯤 오갔을 때, 건너편 카페로 한 여자가 걸어들어갔다. 그녀의 긴 생머리가 때마침 불어온 바람으로 인해 분수처럼 솟구쳤다가 흩어져내리는 장면을 그는 지금도 생생히 기억한다. 그는 눈을 가늘게 흡뜨며 그녀의 자취를 좇았다. 카페로 들어선 그녀는 자기 몫의 커피를 쟁반에 받아들고는 그와 마주 보이는 바에 앉았다. 위에는 얇은 가죽점퍼를 입고 아래에는 반바지를 입은 그녀의 다리가 아무것도 가려주지 않는 통유리창 너머로 훤히 들여다보였다. 그는 그녀의 모습을 계속 주시하였다.

뭔가 다르다. 그녀의 옷차림이 튄다든가 아니면 앉은 자세가 흐트러져 있어서는 아니었다. 그는 한참을 골똘히 그녀의 어떤 점이 매혹의 원인인가를 생각했다. 혼자 타들어간 담뱃재가 무게를 못 이겨 커피잔 속으로 떨어질 즈음에야 그는 그녀의 비밀을 알아챘다. 그녀는 완벽한 배우였던 것이다. 그녀는 한 번도 C 쪽을 바라보지 않았다. 그저 나른한 표정으로 쏟아져들어오는 햇살을 받아내면서 커피를 홀짝일 뿐이었다. 그렇다고 책을 읽거나 핸드백을 뒤적이거나 화장을 고치지도 않았다. 그녀는 통유리창이라는 스크린으로 자신을 투사하는 일에만 몰두하는 것처럼 보였다. 그녀가 하는 유일한 동작은 고개를 숙일 때마다 어깨 앞으로 흘러내리는 풍성한 머리카락을 슬쩍 쓰다듬은 후 어깨 뒤로 넘기는 일이었다.

"오래 기다렸지?"

기다리던 사람은 약속 시간을 한참 지나서야 나타났다. 인사동 G화랑의 큐레이터로, 이번 전시의 기획을 맡고 있었다. 자리에 앉은 큐레이터는 아직 채 옮기지 못한 그의 시선을 따라 건너편 커피전문점 쪽을 함께 바라보았다.

"저 여자, 왜 저기 가 있지?"

큐레이터는 혀를 차면서 건너편 커피전문점으로 들어가서 그때까지 C가 바라보던 여자를 테이블로 데리고 오는 것이었다. TV 화면 속에서 호랑이가 튀어나오는 식의 광고를 볼 때처럼 비현실적인 느낌이었다. '스크린'과 '카메라 렌즈'를 통과해온 그녀는 맞은편 의자에 앉아 그를 바라보았다. 조금 당혹스러웠다.

큐레이터가 그녀를 그에게 소개했다.

"인사해. 유미미씨야. 알지?"

그들은 가벼운 목례를 나누었다. C는 그녀의 이름을 알고 있었다. 그녀가 행한 퍼포먼스에 대한 소문을 전해들은 바 있었다. 그렇지만 이런 식으로 만나게 되리라고는 생각해보지 않았기에 그는 별말 없이 조용히 앉아 친구의 말만을 기다렸다.

"전시회 오픈하는 날, 퍼포먼스를 하나 넣자는 의견들이 있어서 모셨어. 이번 작품들이 대체로 비디오와 설치 쪽이니까 잘 맞을 것 같기도 하고 말야."

큐레이터는 그녀에게 붙박인 그의 시선이 불편한 듯, 그를 힐끔거리면서 말을 이어나갔다. 가까이에서 본 그녀의 얼굴은 다소 창백했고 그 창백함 위에 덧칠된 눈화장의 강렬함이 퇴폐적인 미감을 풍기고 있었다. 서른을 갓 넘겼음 직한 외모, 그러나 어디에선가 그녀는 유디트를 닮아 있었다. 세상 모든 것에 흥미를 잃어버린 듯한 유디트와 저렇듯 당당하고 자신만만해 뵈는 유미미 사이에는 외견상 어떤 공통점도 보이지 않았다. 자세였을까? 아니면 사람을 응시하는 눈빛? 그 유사성을 탐색하느라 그때의 그는 퍽이나 혼란스러웠다.

큐레이터는 계속해서 전시회 기획의 의도와 의의에 대한 장황한 설명을 계속했지만 그녀는 심드렁한 기색이었다. 그녀의 그런 태도는 전시회가 내건 거창한 취지를 무화시키는 것처럼 보였고 큐레이터는 당황하는 눈치였다. 그런데 거절할 것 같던 그녀가 의외로 순순히 제의를 받아들였다. 큐레이터는 그녀의 승낙에 얼떨떨했는지 C의 얼굴을 바라보았다. 뭐든 말해야 할 것 같은 분위기였기에 그는 의례적인 몇 마디 말을 던졌다.

"감사합니다. 덕분에 멋진 전시가 될 것 같군요."

C의 말에도 그녀는 별 대꾸를 하지 않았다. 대신 질문을 던졌다.

"어떤 쪽으로 작업을 하세요?"

마땅한 대답을 찾지 못하고 머뭇거리는 그를 대신해 큐레이터가 대답했다.

"아, 이 친구요? 대학에서는 서양화를 전공했지만 요새는 비디오하고 설치 쪽을 하는데, 아무래도 비디오아트가 밥줄이죠."

큐레이터는 동의를 구하듯 C 쪽을 바라보았고 그는 보일 듯 말 듯 고개를 까닥거려주었다.

"이번 전시에는 어떤 작품을 출품하시나요?"

권태가 녹아 있던 그녀의 눈동자에 약간의 생기가 돌기 시작한 것을 그는 보았다.

"아직 구상중인데 뚜렷하게 감이 잡히는 건 없어요."

"네, 그러시군요."

그녀는 그렇게 말하고는 다시 본래의 표정으로 돌아갔다. 그러고는 입술을 동그랗게 모아 앞에 놓인 빨대를 통해 키위주스를 빨아올렸다. 그 모습을 보면서 그는 그녀의 식도를 넘어가고 있을 액체가 그녀의 몸 구석구석으로 퍼져가는 모습, 모세혈관까지 키위주스가 스며들어 그녀의 몸이 푸르게 변해가는 상상을 했다.

"이번 작업 저도 같이 하면 안 될까요?"

그녀는 가슴 쪽으로 흘러내린 머리카락을 등뒤로 넘기면서 자세를 고쳐 잡았다.

"먼저 미미씨 퍼포먼스를 영상으로 담는 거지요. 예를 들자면 백남준의 〈TV첼로〉와 비슷한 방식으로 말이에요. 미미씨의 퍼포먼스 영상은 그것대로 편집하고 변형해서 제 작품으로 만들고, 개막 당일에는 계획대로 미미씨는 즉흥으로 퍼포먼스를 하시면 되는 거예요. 무대 뒤에는 영상을 배치하죠."

이왕 내친 말인지라 그는 횡설수설하며 이런 얘기 저런 얘기로 그녀의 동의를 끌어내고자 했다. 그녀를 자신의 프레임 속에 포획하고 싶다는 충동이 자신을 그리로 내몰고 있다는 것을 감지했다. 그녀는 아무 말 없이 가만히 앉아 그의 눈을 똑바로 쳐다보았다.

"자전거 탈 줄 아세요?"

오랜 침묵을 깨고 그녀가 물었다.

"물론이죠."

"자전거 타기를 가르쳐주겠다는 사람들이 많았어요. 그들은 왜 내게 자전거를 가르쳐주고 싶어했을까? 하긴 자전거 타기란 혼자 터득하기 힘든 어떤 것이지요. 그들은 내 등뒤에서 자전거를 잡아주지요. 그들이 손을 놓는 순간 전 뒤뚱거리다가 쓰러지구요. 누구든 제게 자전거를 가르쳐주겠노라는 사람이 나타나면 그를 유심히 본답니다."

갑자기 왜 자전거 이야기를 하는 건지 종잡을 수 없었던 C는 멍하니 그녀의 다음 말을 기다렸다.

"선생님이 비디오로 제 퍼포먼스를 잡겠다고 했을 때, 왜 자전거를 가르쳐주겠다는 사람들이 생각났을까요? 아, 아직은 저도 잘 모르겠네요. 아직 한 번도 제 퍼포먼스를 사진이나 영상으로 제대로 담아본 적이 없거든요. 안 해본 일이라 그럴까요? 왠지 이건 자전거 배우기보다 더 위험한 일일 거라는 느낌이 들어요."

그녀는 말을 멈추고 머리카락을 어루만졌다.

"한번 해보세요. 잘 어울릴 것 같은데요. 이 친구 작품 좋아요."

옆에 있던 큐레이터가 거들었다. 그러자 그녀가 풀기 없는 웃음을 지으며 말했다.

"오늘은 참 이상한 날이네요. 뭐든 거절하기 어려운 날이 있다잖아요."

그녀는 핸드백에서 메모지를 한 장 꺼내서 그 위에다 자신의 전화 번호를 휘갈겨쓴 후 그에게 건넸다.

"그럼 전 이만 가볼게요. 연락 주세요. 하지만 마음이 변할지도 모르겠어요."

그녀는 위태한 뒷모습을 잔영으로 남기고 사라져갔다.

"저 여자 매력적이지?"

큐레이터가 빙글거리며 말했다.

"생물이 화려한 색을 가지고 있을 때는 크게 두 가지 경우야. 누군가를 유혹해야 하거나 아니면 자신을 적으로부터 보호해야 할 때."

"저 여자는 어느 쪽일까?"

C는 큐레이터에게 물었다.

"글쎄, 알아내는 유일한 방법은 가까이 가는 것뿐이겠지. 그런데 이상하네. 원래 촬영을 허용하지 않는 걸로 유명한 여자거든. 그 얘기 알아?"

"아니."

그는 고개를 저었다. 처음 듣는 얘기였다.

"절대로 허용하지 않아왔거든. 그러니까 저 여자 공연은 직접 보는 수밖에는 없다는 얘기지. 본 사람들 말로는 대단하다던데, 뭐 짐작만 할 뿐이지. 어쩌면 입에서 입으로 전해진 거라 더 대단한 것처럼 포장되었는지도 모르고. 하여튼 조심해. 저 여자 가까이하다가 이상해진 사람이 많아."

큐레이터의 경고가 아니었어도 그의 마음속에서는 이미 경계심이 꿈틀거리고 있었다. 자신을 나락으로 밀어넣은 것들은 언제나 그를 매혹시켰던 존재들이었다는 사실을 그는 잊지 않고 있었다. 그에게 할당된 매혹이라는 이름의 채권. 그 첫 전주錢主는 박제된 나비들이 었다. 몸통에 핀을 꽂은 나비들이 다시 태어나서도 핀을 꽂은 채로 날아다니는 환상에서 아직까지도 그는 자유롭지 못했다.

그런데 왜 그는 가장 사랑하던 것에 핀을 꽂았을까. 지금이라면 하지 못했을 일을 그 시절의 그는 어떻게 해치웠을까. 그는 어쩌면 나비보다 포획, 그것에 매혹되었던 것은 아닐까.

어느 봄날 그 나비들은 모두 재가 되어버렸다. 부엌에서 치솟은 불은 삽시간에 집 전체를 삼켜버렸고 학교에서 돌아오던 그는 나비 를 생각하며 울었다. 너무 서글피 우는 그를 어머니는 달래려 애썼 다. 애야, 집은 다시 지으면 그만이란다. 그 말을 듣고 그는 더 서럽 게 울었다.


K가 그녀의 아파트에 도착했을 때, 그녀의 흔적이라고는 아무것 도 찾을 수 없었다. 이미 새로운 사람이 이사와 있었다. K는 아파트 앞 주차장에 세워둔 택시에 올라 의미 없이 흘러나오는 라디오를 들 었다. 아침에 형과 나누었던 통화의 기억은 불쾌했다. 형은 신문에 난 사건을 듣는 것처럼 심상하게 반응했다. 어쨌든 살을 섞은 여자 가 아니었던가. K는 형을 이해할 수 없었다. 일주일 전 유디트는 수 면제를 먹은 후 가스를 틀어놓고 자살했다. 그녀를 마지막으로 본

지 오 개월 만이었고 아무런 연락도 편지도 없이 그냥 그렇게 가버
렸다.

형과는 도대체 무슨 일이 있었던 걸까? 하지만 확실한 것은 형도
세연의 죽음에 대해 아무것도 알고 있지 않았다는 것이다.

K는 시동을 걸고 차를 출발시켰다. 엔진오일이 불완전연소하는
듯한 냄새가 희미하게 흘러나왔지만 K는 신경쓰지 않았다. 톨게이트
에서 통행권을 발급받을 때까지도 K는 자신이 어디로 가고 있는지
알지 못했다. 톨게이트를 벗어난 K의 택시는 굉음을 내며 가속하기
시작했다. 톨게이트를 통과한 차량들 사이를 지그재그로 누비며 일
차선으로 진입한 후 K는 온몸이 뒤로 당겨지는 힘을 느꼈다. 여느 때
와는 달리 그 느낌이 낯설고 쓸쓸했다. 그는 액셀러레이터를 밟았다.

카오디오의 볼륨을 최대한으로 높이자 스피커의 고음역에서는 음
이 찌그러진 채로 괴성을 만들어냈다. K는 네 개의 차창을 모두 열
었다. 밖에서 들려오는 다른 차들의 주행음과 그의 스피커에서 나오
는 찌그러진 음들이 뒤섞여 그는 아무것도 생각할 수 없었다. 그렇
게 K는 부산으로 달렸다가 서울로 돌아오기를 두 번 반복했다. 그래
도 잠이 오질 않았다. 눈이 벌겋게 충혈되어갔지만, 가끔 갓길에 차
를 세우고 잠을 청해보아도 잠은 오지 않았다.


작업실에는 아직 그녀의 퍼포먼스를 위한 준비가 되어 있지 않았
다. C는 서둘러 조명을 점검하고 두 대의 카메라를 고정시켰다. 벽
에 세워두었던 대형 캔버스를 바닥에 깔고 나서 물감을 이기기 시작

했다. 물감이 준비되자 그녀는 가운을 벗어 옷걸이에 얌전히 걸어두고는 알몸으로 캔버스 쪽으로 걸어나왔다. 백색의 캔버스는 텅 비어 있었다. 하얀 캔버스와 카메라를 번갈아가며 살펴보던 그녀는 쪼그리고 앉아 캔버스의 표면을 살펴보았다. 까칠한 질감이 마음에 들었던지 살짝 웃었다.

백색 캔버스. 원시인이 처음 예술을 시작한 이유에 대해 어떤 사람은 이런 주장을 폈다. 그것은 인간 내부에 잠재해 있는 백색 공포 때문이라고. 텅 비어 있는 하얀 벽은 그 자체로 충분히 공포스럽다. 그래서 어린아이들은 벽에다 낙서를 하고 번쩍이는 새 차의 표면에 칼로 흠집을 낸다. 가구가 없는, 그림 한 점 걸려 있지 않은 그런 방이 두려워 사람들은 채우고 또 채운다.

아무려나, 예술이 공포로부터 기인했다는 이 가설은 그림을 처음 시작하던 시절 그의 흥미를 끌었다. 근원을 짐작할 수 없는 내면의 두려움을 예술로 통어할 수 있다는 것은 그것으로 밥을 먹고살아야 하는 그에게는 작은 위안이 될 수 있었다. 하지만 아직도 그는 가끔 스스로에게 묻곤 한다. 나는 과연 무엇을 두려워하며 살아가고 있는 것일까?

C는 뷰파인더를 통해 캔버스와 미미를 잡아보았다. 미미는 무엇인가 미심쩍은 듯 캔버스 주위를 빙빙 돌고 있었다.

"자, 시작하죠."

그가 미미에게 말했다. 미미는 고개를 홱 돌리면서 말했다.

"술 좀 줄래요?"

그녀는 병째로 세 모금쯤의 위스키를 마셨다.

"그만 마셔요."

그는 위스키 병을 빼앗고 물감통을 내밀었다. 미미는 무릎을 꿇고 물감통 속으로 치렁치렁한 머리카락을 담갔다. 그 장면부터 카메라가 돌아갔다. 그녀는 정성들여 머리에 물감을 묻히고는 천천히 일어나 캔버스의 왼쪽 상단으로 올라갔다. 거기서부터 그녀는 자신의 머리카락을 이용해 페인팅을 해나갔다. 작업이 진행될수록 물감은 그녀의 손과 무릎에도 묻기 시작했고 백색의 캔버스는 차츰 파란색으로 점령되어갔다. 카메라는 그녀의 정면과 측면에서 움직임을 잡아가고 있었다. 격렬한 머리 놀림으로 캔버스의 중간까지 왔을 때, 그녀가 몸을 일으켰다. 물감에 젖은 머리가 산발이 되어 내려갔고 머리에 묻었던 물감들이 이젠 그녀의 몸을 적시면서 흘러내렸다. 젖무덤과 젖무덤 사이로, 또는 등골을 타고 엉덩이 사이의 굴곡으로 떨어져내렸다. 그녀는 엄숙한 표정으로 흘러내리는 물감이 온몸을 덮도록 자신의 몸을 문질렀다. 그녀는 파랗게 변해갔다.

"렌즈 쪽은 보지 말아요."

C가 뷰어에 눈을 댄 채로 외쳤지만 그녀는 개의치 않고 렌즈를 정면으로 바라보았다. 그러고는 마지막으로 자신의 얼굴을 물감 묻은 손으로 문질렀다. 그녀가 렌즈를 직시하는 바로 그 순간, 서늘한 느낌이 등골을 훑고 지나갔다. 그는 자기도 모르게 카메라에서 물러섰다.

"자, 좀 쉬었다 하죠."

그는 이마에 맺힌 땀을 닦았다. 그녀는 제정신이 돌아온 듯 긴 한 숨을 쉬고는 캔버스 밖으로 걸어나왔다.

"좀 씻을래요?"

그녀는 고개를 가볍게 저었다. 그러고는 남은 위스키를 다시 들이켰다.

"너는 달라."

그녀가 술병에서 입을 떼며 말했다. 그녀에게서 '너'라는 말을 듣기는 그때가 처음이었다. 그녀의 몸은 묘지 근처의 반딧불처럼 형형하게 빛이 나기 시작했다. 파란 얼굴의 그녀는 계속 중얼거렸다.

"살아오면서 많은 남자들을 만났지. 그들과 자고 때론 함께 살기도 했고. 그런데 그 사람들은 나를 견디지 못해. 왜 그랬을까? 그리고 어째서 넌 날 견딜 수 있을까? 그 사람들과 넌 뭐가 다르지?"

그녀는 흐물흐물 풀어지고 있었다. 그것은 알코올의 탓이라기보다는 그녀가 치러낸 광기 어린 몸짓 때문일 것이다. 작업을 하면서 스스로에게 취해버리는 그녀를 그는 잠깐이나마 부러워했다. 그는 적어도 작업하는 동안에는 그녀처럼 완벽하게 몰입할 수 없기 때문이었다.

몰아沒我. 그가 늘 부러워하는 재능이었다.


미미가 처음 C의 아파트에 찾아온 것은 카페에서 만난 지 사흘째 되는 날이었다. 작업실에서 예전 작업 영상을 함께 보았다. 그녀는 흥미를 보였다. 빨려들 듯 비디오 앞을 떠나지 않는 그녀의 모습을 보며 그제야 그녀가 보리스 바예호가 그린 드로잉 속 인물과 매우 흡사하다는 사실을 깨달았다. 그렇지만 정확히 그 그림의 제목이 무엇인지는 기억이 나지 않았다. 그즈음의 그는 무엇인가를 활자보다는 이미지로 기억했다.

"전 퍼포먼스가 좋아요. 아니면 마임이든지."

"비디오아트도 흥미로운 작업이에요."

그는 조심스럽게 말을 꺼냈다. 그러나 그녀는 동의하지 않았다.

"결국 그래봐야 렌즈를 통해 다른 무언가를 볼 뿐이죠. 그걸 모니터를 보면서 편집한 후에 다시 모니터를 통해 보여주는 것 아닌가요? 걸러지는 순간, 그것은 이미 실재가 아니에요."

"그렇게 생각할 수도 있겠군요. 하지만 어차피 예술이란 실재를 한번 걸러내는 게 아닐까요? 회화든 조각이든 실재를 어떤 방식으로든 변형해서 실재를 더 실재답게 만들어내는 거잖아요. 이를테면 반영한다고 말할 수도 있겠구요."

C는 그녀의 표정을 살폈다. 그녀는 물러설 기미가 아니었다.

"퍼포먼스는 달라요. 저는 직접 만나요. 저를 바라보는 사람들의 눈동자 속에서 죽음과 애욕을 보죠. 제가 그날 그들의 눈 속에서 무엇을 보느냐에 따라서 제 작업은 즉석에서 바뀌어요. 예술의 목적이 결국 아름다움을, 그것도 살아 있는 아름다움을 대면하고자 하는 욕구라면, 퍼포먼스가 아닌 다른 모든 예술은 가짜고 타협이고 부질없는 불멸에의 욕망, 그 찌꺼기들이지 않아요? 즉흥 퍼포먼스에 대한 모든 공격은 참된 아름다움에 대한 두려움에서 비롯되는 거예요. 인간들은 불멸에 대한 강박 때문에 참된 아름다움을 박제하죠. 그들은 죽은 예술에 길들여진 노예들이에요."

그녀의 음성이 높아져갔다.

"불멸. 불멸이 어때서요? 불멸할 수만 있다면 좋은 거 아니에요?"

그녀는 동의할 수 없다는 표정으로 잠시 그를 응시했다.

"좋아요. 논쟁은 그만두죠. 하지만 저 자신에게 그 죽은 예술을 강요하고 싶지는 않았어요. 인생은 짧아요. 하고 싶은 것만 하고 살기에도 너무 벅차요."

"왜 영상을 두려워하죠?"

그의 질문에 그녀는 눈을 크게 뜨며 맞받았다.

"두려워하다니요? 단지 싫었을 따름이에요."

"두려움은 흔히 혐오의 외피를 쓰곤 하죠. 자전거를 배우려면 쓰러지는 쪽으로 핸들을 꺾어야 해요. 그리고 힘차게 페달을 밟으면 되죠."

그녀는 한참을 말없이 그의 말을 곱씹는 것처럼 보였다. 그러나 그녀의 침묵이 수긍의 표시는 아니었던 모양이었다.

"그건 당신도 마찬가지 아니에요? 절 두려워하잖아요. 제 실재를 정면으로 마주하는 것을 말이에요. 그래서 비디오를 들고 나온 거죠? 아닌가요? 정작 쓰러지는 쪽으로 핸들을 꺾어야 할 사람은 제가 아니라 당신일 수도 있어요."

그녀의 어조가 점차 높아져갔다. 어조가 높아지는 것과는 달리 목소리는 점차 자신을 잃어갔다. 그건 그 역시 마찬가지였다.

"그렇다면,"

그는 호흡을 가다듬었다.

"그렇다면 어째서 제 제안을 받아들인 거죠? 왜 제 작업실까지 찾아왔느냐구요?"

"글쎄요."

그녀는 잦아들었다. 그녀는 담배를 찾아 피워물었다.

"저도 아직은 정확히 짚어낼 수 없어요. 단지 제 작업을 다른 매체에 담는 순간, 그건 이미 제 것이 아니라는 생각을 하곤 했어요. 아니 사실은 그것보다, 만약 그런 일이 벌어진다면 제가 위태하게 지켜온 이 삶이 기저부터 허물어질 거라는 막연한 예감도 들었구요. 우습죠? 다른 사람들은 별것도 아니라고 생각할 수 있어요. 그런데 이제는 좀 지쳤나봐요. 이런 방식 말고 다른 길이 있지 않을까 하는 막연한 예감도 들구요."

"좋아요. 그럼 어쨌든 한번 해봅시다."

그녀도 그의 제안에 동의했다. 그녀는 훅, 하고 담배연기를 길게 내뿜었다. 푸른 연기가 방 안을 가득 메워나가기 시작했다. 그녀의 눈길이 담배연기가 흩어지는 방향을 좇아 천천히 움직였다.

"고등학교 삼학년 때, 처음 남자랑 잤어요. 국어 선생이었어요. 저를 불러내서 가까운 여관으로 데려가곤 했죠. 자율학습시간에도 그랬고 가끔은 일요일이기도 했어요. 강간도 아니었고 화간도 아닌 아주 어정쩡한 관계. 아시죠? 지금 생각해보면 그 선생에게 빠져 있었거나 했던 건 아닌 것 같아요. 여자애들에게 인기가 좋았던 그 선생이 내 앞에서 옷을 벗는다는 것. 그런 게 자랑스럽게 느껴졌달까.

"그러다 그 선생의 아내를 만나게 됐죠. 자율학습중이었는데 처음 보는 여자가 나를 불러냈어요. 단박에 알아봤어요. 그 선생의 아내구나. 그 여자, 참 당찬 여자였어요. 아무런 표정 없이 제게 말했어요. 네가 바로 그애구나. 너 참 예쁘구나. 선생님이 좋으니?라고 내게 묻더군요. 전 고개를 끄덕였어요. 하지만 그건 그 선생이 좋아서가 아니었어요. 그녀의 그 차가움이 싫었던 것 같아요. 그래서 위악을 부렸던 게죠. 그랬더니 마치 자기 친동생에게 하듯이 다정한 어조로 말하더군요. 그건, 안 되는 일이야. 특히 같이 자는 일은 말야. 알지? 그래서 내가 어떻게 했을 것 같아요?"

"글쎄요."

"소리를 질렀죠. 미친 듯이 지르고 또 지르고 발을 구르며 소리를 쳤어요. 반에 있던 모든 애들이 복도로 몰려나왔고 교무실에 남아 있던 선생들까지 모두 몰려올 때까지. 그때 그 여자의 표정이 아직도 잊혀지지 않아요. 아무런 동요 없이 차분했어요. 어떻게 그런 여자가 있을 수 있을까. 저는 무서웠어요. 그래서 더 소리를 질렀고 결국에는 당사자인 국어 선생까지 나타났죠. 그러자 그 여자가 자기 남편의 따귀를 때리고는 조용히 운동장을 지나 사라졌어요. 모든 상황이 다른 사람들에게 명백해지는 순간이었죠. 다음날부터 국어 선생은 학교에 나오지 않았고 이혼했다는 소식만 들려왔어요. 사람들은 다 저를 욕했죠. 웃기죠? 그렇지 않아요?"


잠시 쉬는 동안 미미는 욕실로 가 몸을 깨끗이 씻었다. 머리도 용제를 써서 다시 감아 물감 기운을 완전히 뺐다.

"다음에는 무슨 색이죠?"

"검은색으로 가봅시다. 괜찮겠어요?"

고개를 끄덕인 그녀는 다시 물감통에 머리를 담갔다. 무릎을 꿇고 엉덩이를 쳐든 채 방 안에 자신 이외에는 아무도 없다는 듯이 물감을 적시고 있는 그녀. 미미의 머리카락은 이 퍼포먼스를 하는 동안 풍성한 결도 싱그런 윤기도 모두 사라진 그저 하나의 필기구가 되어버린다.

캔버스에 올라선 그녀의 몸은 붓대롱이 되고 머리카락은 붓이 되어 움직인다. 그 모습을 뷰파인더를 통해 좇고 있는 C. 어느새인가 렌즈를 통해 세상을 보는 방식에 익숙해져버린 자신을 발견한다. 길을 걸어도 프레임으로 시야를 구획하고, 사각의 영상에 담겨진 것들, 자신이 편집한 것들을 그의 두 눈으로 본 것보다 더 신뢰한다. 아니 애착한다. 그리하여 카메라는 다시 그의 무기가 되고, 작지만 안전한 도피처가 된다. 그게 어쩌면 그가 이 매력적인 행위예술가에게 다가가지 못하는 이유인지도 모른다. C는 자신의 세계, 자기가 창조한, 그에 의해 반영되고 그에 의해 포획된 이 작은 세계에 아직은 머무르고 싶다.

결코 이 거리를 좁히지 못하리라. 세계와 자신, 오브제와 렌즈, 그가 만나왔던 여자들과 자신, 그들 사이에 놓인 강을 결코 좁히지 못할 것이라는 비감한 절망이 몰려들었다. 그는 북극으로 걸어간 유디트를 생각했다. 나이 서른이 되면 사랑도 재능인 것을 발견하게 되는 것이다.

구미를 지나는 경부고속도로 상행선에서 K의 택시는 시속 백칠십 킬로미터와 백팔십 킬로미터 사이를 오가면서 편도 이차선밖에 되지 않는 도로를 위태하게 운행하고 있었다. 터널이 순식간에 그의 눈앞으로 다가왔고 그 속에서 귀를 울리는 소음들은 더욱 크게 증폭되었지만 그는 이미 그 소리를 잘 느낄 수 없었다. 그의 모든 감각은 퇴행하기 시작했다. 얼굴에 부딪쳐오는 바람에도, 귀를 찢을 듯한 음악도, 수면의 욕구도, 배고픔도, 속도에 대한 감각도 모두 꿈속에서의 일처럼 멀게 느껴졌다. 그런 그를 다른 차와 부딪히지 않을 수 있도록 만드는 것은 그의 이성적 판단이라기보다는 본능처럼 보였다. 터널을 지났을 때, 갑자기 스피커가 퍽, 하는 소리와 함께 찢어져버렸다. 열 시간이 넘도록 그의 귓전을 울려대던 소음이 갑자기 사라지자 그는 일순 휘청거렸다. 이명 같은 울림이 그의 귓속을 찌르는 듯 강렬하게 두들겨댔다. 그의 택시는 일차선에서 이차선 쪽으로 비틀거리면서 갓길까지 밀려갔다. 그는 브레이크를 밟는 대신 액셀러레이터를 살짝 밟아서 한쪽으로 쏠리는 차의 균형을 회복하면서 갓길의 가드레일을 살짝 긁는 정도로 위기에서 벗어났다. 이럴 때 서툰 운전자들은 브레이크를 밟고 그것 때문에 차가 전복되고 마는 것이다. 핸들링의 각도를 최소한으로 조절하고 액셀러레이터와 브레이크를 재빠르게 바꾸어 밟으면서 균형을 회복하는 것이 급선무다. 그는 차가 정상으로 복귀하자 서서히 속도를 줄여 갓길에 차를 세웠다. 스피커가 파열되고 이제 지나가는 차들의 소리만이 들려오자 그것은 마치 태초의 적요처럼 느껴졌다. 그 고요함이 불편해서 K는 차 밖으로 나와 찬바람을 쐬었다.

어디로 가야 할 것인가?

K는 스스로에게 물었으나 해답을 얻지 못했다. 그렇게 한동안을 갓길에 서서 그는 어디로 갈 것인가를 고민했지만 결정할 수 없었다. 그는 한 번도 이런 질문을 스스로에게 던져보지 않았다는 사실을 깨달았다. 언제나 운전대에 앉아서 액셀러레이터를 밟은 후에야 어디로 가야 할까를 생각했다.


촬영작업은 끝나고 편집작업도 얼추 끝이 났을 무렵, 미미는 그를 찾아왔다. 현관을 들어서는 그녀의 모습이 초췌해 보였다. 미칠 듯이 몸을 움직이던 그녀의 모습은 사라지고 껍데기만 남아 그를 찾아왔다.

"그동안 어떻게 지냈어요?"

"사진을 찍히면 혼이 나간다고 믿었던 사람들의 얘기를 생각하고 있었어요."

미미는 풀기 없는 얼굴로 농담을 했다. 그녀는 오랫동안 웃지 않았던 사람들이 짓는 거북한 모습으로 웃었다.

볼의 근육이 경련하는 것도 보였다.

"들어와요."

그녀는 천천히 방 안으로 걸어들어왔다. 마치 처음 오는 곳인 듯

두리번거리며 소파에 앉았다.

"차 마실래요?"

"아뇨."

그녀는 고개를 저었다. 예의 그 풍성한 머릿결이 도리질을 따라 이리저리 넘실거렸다.

"그럼?"

"그 영상, 그 영상을 좀 볼 수 있을까 해서요."

"안 됩니다."

그는 거절했다.

"왜죠? 왜 제가 제 퍼포먼스를 담은 영상을 볼 수 없다는 거죠?"

그녀의 음성이 떨리고 있었다. 그러나 그것은 애원이라기보다는 독백에 가까웠다. 들리지 않는다고 가정된, 그러나 실제로는 들려야만 하는, 배우들의 혼잣말을 닮았다.

"그 영상에 담긴 모습은 당신이면서 당신이 아니기도 해요. 그리고 나이기도 하고 또 내가 아니기도 하죠. 내 손을 거쳐 촬영되고 편집된 내 작품이니까요. 내가 보여주고 싶을 때만 볼 수 있어요. 이젠 내 거니까요."

가학에서 오는 내밀한 쾌감. 굳이 그럴 이유가 없었는데도 그는 그녀의 제의를 거절하고 있었다.

"나도 볼 권리가 있다고 생각하는데요. 혹시 자신이 없으세요?"

"그런 문제가 아니에요. 왜 보고 싶은지 설명해줄 수 있어요?"

"할 수 있지만 하고 싶지 않아요. 부탁이에요. 보여주세요."

미미의 말이 다시 독백처럼 흩어졌다. 그는 마음을 고쳐먹었다. 편집된 영상을 찾아 준비하는 동안 그녀는 잘근잘근 손톱을 깨물고 있었다.

"손톱 깨무는 버릇이 있어요?"

C가 묻자 그녀는 손톱을 거둬들였다.

"어릴 적 버릇이에요. 한동안 하지 않았는데 저도 모르게 긴장이 되나봐요."

정제되지 않고 방출되는 자신의 광기, 폭발적으로 터져나오는 열정의 조각들. 이제 그녀는 처음으로 자신의 진짜 모습과 대면하게 되는 것일지도 모른다.

그녀는 처음부터 끝까지 꼼짝하지 않고 화면을 주시하였다. 신성한 종교의식이라도 치르는 듯한 적막이 거실을 가득 메웠다. 편집하면서 수십 번을 보았던 그조차 그런 기류에 감염되어 숨을 죽일 수밖에 없었다. 화면 속의 그녀는 이제 검은 물감으로 캔버스 위를 휘저으면서 온몸으로 캔버스에 덤벼들고 있었다. 그녀의 몸이 남긴 흔적을 다시 머리카락이 훑고 지나가고 그 위를 다시 몸이 뭉개며 지나갔다. 무슨 언어인지 모를 말을 쉴새없이 중얼거리는 그녀는 귀기에 사로잡힌 샤먼처럼 주술을 부릴 것만 같았다.

"그만 꺼요."

그녀는 명령조로 말했다. 그는 리모컨으로 비디오의 동작을 중단시켰다. 그녀는 소파에서 일어나 거실 안을 이리저리 왔다갔다하면서 화면 속에서처럼 무엇인가를 연신 읊조렸다. 그것은 노래 같기도 했고 주문 같기도 했다. 그러면서도 그녀의 시선은 모니터에서 떠나지 않았다.

"저 영상, 지워야겠어. 저걸 틀 수는 없어."

"뭐?"

그는 자리에서 벌떡 일어났다. 어느새 그도 그녀처럼 반말을 하고 있었다.

"그건 안 돼."

"왜? 왜 안 된다는 거지?"

그녀는 오히려 차분하게 가라앉고 있었다. 그는 그녀에게 다가가 어깨를 잡아 의자에 앉혔다. 그녀는 C의 눈길을 피하고 있었다.

"지금 와서 우리가 했던 모든 작업들을 무화시켜버릴 수는 없어."

그는 그녀를 설득했다. 집착의 강도는 어떤 일에 들인 시간의 양에 대체로 비례한다. 애정도, 예술도, 다른 모든 것도 이 법칙에서 그리 자유롭지 않다고 그는 생각해왔다.

"왜 그렇게 저 영상을 두려워하지? 저건 네가 아냐. 이미 가공된 거라고. 네 퍼포먼스는 그것대로 가치 있는 작업이고 내 비디오아트는 그것대로 전혀 다른 성질의 가치를 지닌 거란 말야. 왜 그걸 이해하지 못해?"

"그렇다면."

미미는 C의 눈을 똑바로 쏘아보며 말했다.

"넌 왜 날 두려워하지?"

그녀의 입가에 엷은 미소가 떠올랐다. 그는 비틀거렸다.

"좋아. 나도 네가 저 영상을 삭제할 거라고는 기대하지 않았어. 넌 현실의 나보다 저 영상 속의 나를 탐닉할 테니까. 그래, 그건 아무 위험도 아픔도 없는 일일 거야. 그래, 네 말이 맞아. 저 화면 속의 나는 내가 아니야. 저건 너야."

그녀는 일어나서 걸어나갔다. 마치 가위눌리는 것처럼 C는 몸을 움직일 수 없었다. 그녀는 그렇게 가버렸고 다시 돌아오지 않았다.


무기력이 C의 몸을 결박했다. 맥주만 마시면서 사흘을 보냈고 열 번쯤 그 영상을 보았다.

그는 영상의 편집을 마무리하기 시작했고 그녀의 퍼포먼스 사이사이에 의정부에서 찍은 무당의 신내림과 이응로의 문자추상 따위를 엮어 작품을 완성했다. 출품을 독촉하는 큐레이터의 전화 이외에 누구도 그를 찾지 않았다. 그는 가끔 유디트에게 전화를 걸었고 그러면 유디트 대신 기계음이 전화를 받아 그 번호가 잘못된 것임을 일러주었다. 오래전에 헤어진 다른 여자들은 언제나 목소리를 죽여 그의 전화를 받았고, 그녀들에게 위험하고 거북한 존재가 되어가고 있다는 사실만을 확인해주었다.

사라진 미미는 전시회 개막일까지도 아무 연락이 없었다. 그는 작품을 출품했고 가끔 갤러리에 나가 전시회 준비를 도왔다. 넌지시 큐레이터에게 그녀의 근황을 물었으나 그도 알고 있는 바가 없었다. 아무래도 오지 않을 것 같아. 전화를 받지 않아. 그는 어깨를 치켜올리며 팔을 벌렸다. 어쩔 수 없다는 투였다. 그런 날이면 그는 집으로 돌아와 새벽이 밝을 때까지 영상을 통해 미미를 보았다.

K는 신갈 인터체인지에서 영동고속도로 진입로로 접어들었다. 약 십 분 후 인터체인지를 지나 고속도로를 벗어났다. 구불구불한 커브를 오 분쯤 주행하여 용인 모터파크가 나타났다. 주차장에 차를 세운 K는 심한 허기를 느꼈다. 근처 매점에서 햄버거를 사 허겁지겁 먹어댄 K는 스탠드에 앉아 모터파크 트랙을 주행하는 차들을 지켜보았다. 차들은 하나같이 현란했다. 말보로나 살렘 같은 담배회사의 마크가 차 전체에 페인팅되어 있었고 액세서리들도 화려했다. 대부분의 차들이 소음기를 떼어낸 것이어서 아주 천천히 달려도 굉음이 났다.

지난 오 년간 스피드는 K의 신이었다. 그러나 신은 자비롭지 않았다. 신은 충분한 공물을 바친 자들에게만 자신을 영접할 기회를 제공했다. 신에게 선택된 자들이 트랙을 돌고 있었다. 그들은 수천만 원을 들여 차를 개조하고 특수한 타이어를 주문해 장착한다. 단 일 초라도 빨라질 수 있다면 그들은 아무것도 주저하지 않는다. 뒷좌석 의자마저 다 들어낸 것도 당연하다. K는 그들을 이해할 수 있었다. 속도에 필요치 않은 차의 부품들은 단 일 그램도 차에 매달려 있지 않았다.

카센터가 쉬는 일요일이면 K는 손님 차를 끌고 여기로 와서 이렇게 차가운 햄버거를 먹으면서 하루를 보내곤 했다. 가끔은 연습이 아닌 실전이 벌어지는 날도 있었다. 몇 대의 차가 트랙을 이탈해 박살나는 것을 보며 짜릿한 전율을 느낀 적도 있었다. 뒤집힌 차에서 기어나오는 부상당한 드라이버들마저 그는 미칠 듯이 부러워했다.

트랙의 흥분과 위험에 대해 레이서들은 K보다 더 잘 알고 있을 것이다. 조금만 더 밟으면 위험하리라는 것을 뻔히 알면서도 그들은 자신도 모르게 액셀러레이터를 밟은 발에 힘을 주게 되고, 트랙 밖으로 밀려나 충돌방지벽에 차를 갖다 박고 마는 것이다. 스피드의 신은 언제나 제물을 원한다. 하나의 제물이 바쳐지면 다른 레이서들은 불안해하기보다는 안도한다. 다른 레이서의 불행은 그들에게 일어날 사고의 확률을 줄여준다고 생각하는 게 틀림없다. K라도 그랬을 것이다.

그런데 그 신은 K에게 사고의 기회도 주지 않는다. 페라리나 람보르기니는 고사하고 저런 레이스에 참가할 정도로 튜닝이 잘된 차도 제공하지 않을 것이 분명했다. 그 사실을 알았을 때, K는 사당에서 택시를 몰기 시작했고 그뒤로는 이곳에 오지 않았다. 그는 한동안 자신의 차에 만족했었다. 그리고 그때 세연을 만났다. 그런데 그녀가 이젠 이 땅에 없다는 것이다.

이제 모두 태워버리리라. K는 자기 방 서랍에 가득 찬 자동차의 사진들을 생각하고 있었다. 다 부질없는 짓이다. 그 차들의 배기량과 최고 속도와 마력을 외울 수 있다 한들 그게 무어란 말인가. K는 주차장으로 돌아가 자신의 택시에 올라탔다. 아무래도, 그래, 아무래도 그를 만나야겠다.


전시회 개막일, 참가 작가들이 모여 간단한 자축연을 열 무렵 화랑의 입구에 미미가 나타났다. 검은 숄로 몸을 두르고 귀에는 화려한 귀걸이를 달고 발끝까지 내려오는 검은 코트를 입은 그녀가 등장하자 모여 있던 작가들과 관객들이 모두 숨을 죽였다. 그녀는 단정한 걸음으로 다가와서 모두에게 짧은 목례를 했다.

전시 기획자의 인사말이 이어졌고 이윽고 그녀의 차례가 되자 미미는 그의 출품작 앞으로 걸어와 관객을 향해 돌아섰다. 준비된 조명과 음악이 있는 상황에서 그녀는 여왕처럼 관객들을 굽어본 후에 방으로 들어갔다. 조명이 꺼지고 문이 열리는 소리가 들렸다. 그녀가 나오는 것이었다. 발소리가 멈추자 조명이 다시 들어왔고 빛을 사방으로 튕겨내는 그녀의 몸이 드러났다. 흰 벽에는 파란 물감을 머리와 몸에 칠하고 꿈틀대는, C가 찍은 퍼포먼스 영상이 빔프로젝터로 비춰지고 있었다. 그녀는 고개를 돌려 그의 작품을 일별하고는 다시 돌아서서 퍼포먼스를 시작했다. 준비된 캔버스 위에 올라선 그녀의 오른손에서 은빛 칼날이 번뜩였다. 고양이가 기어가듯 천천히 캔버스의 상단으로 올라선 그녀는 무엇엔가 놀란 듯 오른손을 높이 치켜들었다가 그대로 천 위에 내리꽂았다. 쩍, 하는 소리와 함께 천이 찢어졌다. 좌중에는 무거운 침묵이 흐르고 그녀를 비추고 있는 백색 조명만이 흰 캔버스 위의 오브제를 충실하게 드러내고 있었다.

칼춤을 추는 것인가. 맹금류의 새처럼 그녀의 동작은 한없이 느렸다가도 때론 예측할 수 없이 빨랐다. 어느새 캔버스는 갈기갈기 찢겨 걸레처럼 되어갔고 그녀는 몸을 출렁이면서 캔버스 찢기에 전념했다.

더이상 찢을 것이 남아 있지 않을 때 그녀는 몸을 일으켰다. 찢긴 캔버스 위에 여신상처럼 우뚝 선 채로 그녀는 왼손으로 자신의 풍성하고 탐스러운 머릿결을 움켜쥐었다. 그러곤 오른손에 들린 칼로 그 머리카락을 거칠게 잘라내기 시작했다. 후드득 떨어져내리는 검은 터럭들이 찢겨진 흰 캔버스 위에 쌓여갔다. C는 발끝으로부터 전달되어오는 한기로 몸을 떨었다. 그는 그의 작품으로 눈을 돌렸다. 그 속에서 미미는 빛 고운 머리채로 흰 캔버스를 휘젓고 있었다. 다리가 후들거렸다. 그동안 현실의 미미는 한없이 계속될 것만 같던 머리 자르기를 끝내가고 있었다. 그녀는 비죽비죽 솟은 머리를 한 채 칼을 떨어뜨렸다. 그러곤 휘적거리며 옷을 벗어둔 방으로 들어가버렸다. 관객들 사이에서 조심스러운 박수가 나오고 있었지만 그는 더이상 그곳에 서 있을 수가 없었다.

그는 갤러리를 나와 인사동 거리를 걸었다. 어느 찻집이든 찾아들어가 따뜻한 녹차라도 마셔야 할 것 같았다. 그는 등뒤에서 미미의 목소리를 들었다.

"나는 쓰러지는 쪽으로 핸들을 꺾었어. 이제 페달을 힘차게 구르기만 하면 어디로든 가버리겠지."

미미는 검은 페도라를 눌러쓰고 있었다.

"그런데 넌 아니었어."

그는 미미를 돌아보았다. 일방통행 도로를 지나는 차들이 간헐적으로 불빛을 번쩍이며 그들 곁으로 스쳐갔다.

"그거 알아? 우리가 똑같은 종자라는 거."

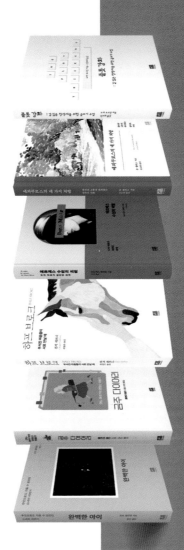

복복서가가 찾아낸 진짜 이야기들

"세상에는 아직 발견되지 않은 좋은 이야기가 숨어 있다고 믿습니다."

복복서가

풀빛 강화 : 길 잃은 청년들을 위한 글쓰기 수업

에피쿠로스의 네 가지 처방

Buch Mejer

에르메스 수집의 비밀 : 도자 마에의 절반의 세계

하프 브로크 HALF BROKE

하프 브로크 HALF BROKE : 부서진 마음들이 서로 만날 때

금주 다이어리

완벽한 아이

## 완벽한 아이
무엇으로도 가둘 수 없었던 소녀의 이야기

"다 널 위한 거야."
완벽한 아이는 어떻게 부모로부터
스스로를 지켜내고 해방시킬 수 있었을까?

모드 쥘리앵 지음 / 윤진 옮김 / 16,000원

## 애프메스 수집의 비밀
도린 미를러 실었던 세계

우연히 손에 넣은 수집의 비밀, 피카소의 수
는 이방인에 받쳐된 한 예술가의 진짜 삶이 거
기 숨어 있었다.

브리지트 벤케린 지음 / 윤진 옮김 / 17,000원

## 금주 다이어리
어느 애주가의 맹렬한 체험기

"죽음에서 일출하는 이야기를 이물기 재미있게
쓸 수 있다니!" 경력단절 다음이달에서 베스트
셀러 작가로! 위트와 유머, 눈물의 금주 성공기

클레어 풀리 지음 / 허진 옮김 / 16,500원

## 에피쿠로스의 네 가지 처방
불안과 고통에 대처하는 철학자의 지혜

"인간의 고통에 자문하지 제시하지 않는 철학
자의 말은 공허할 뿐이다." 오래인 편견에 가
려진 에피쿠로스 철학에 대한 준대적 해석.

존 셀라스 지음 / 신소희 옮김 / 12,000원

## 하프 브로크
부서진 마음들이 서로 만날 때

"진에 무슨 일이 있었든, 다시 그런 일 있을 거
야, 상처받은 동물과 사람이 주고받는 마음 걸
은 대화와 유대를 그린 감동 실화.

진저 개프니 지음 / 하영은 옮김 / 16,500원

## 플롯 강화
김영 창작자를 위한 글쓰기 수업

"플롯은 강화난는 당신 책상 위에 두고 필요할
부분이 페이지를 접고 밑줄을 그어가며 읽어
야 할 책이다."

노아 루크먼 지음 / 신소희 옮김 / 15,800원

"그럴까?"

"생전 촬영을 허락지 않던 내가 왜 너와 작업을 하기로 결심했는지 말해줄까?"

"그래."

"지난겨울이었어. 나는 한 시인이 운영하던 카페의 개막행사에서 퍼포먼스를 한 적이 있었지. 별것 아닌 일이었어. 늘 해오던 그런 작업이었고 나는 늘 하던 대로 작업을 치렀어. 그러곤 그 사람들과 약간의 술을 마시고 거리로 나왔던 거야. 늦가을이어서 바람이 매서웠어. 나는 버스정류장 세 개를 지나치면서 계속 걸었어. 왜 그랬는지 몰라. 그냥 걸어갔지. 그때 어떤 남자가 내게 다가와서 생이 권태롭지 않느냐고 물었어. 묘한 사람이었어. 그 남자와 몇 번 만나고 나서 나는 자살을 하기로 결심하게 됐어. 나는 그 남자의 권유대로 욕조에서 칼로 동맥을 긋는 방법을 택하기로 했어. 이유? 아무것도 없어. 자살하는 사람들이 무슨 거창한 이유를 가지고 그러는 거 같지만 아냐. 어쩌면 그날의 퍼포먼스 때문이었을지도 몰라. 십 년이 넘게 해오는 동안 난 내가 진짜 예술을 하고 있다고 생각했었는데 그날 문득 그게 아니라는 생각이 들었어. 단 한 번도 나를 들여다본 적이 없다는 생각이 들더라고. 어디론가 계속 도망치고 있는 기분으로 평생을 살아온 느낌이었어. 여기가 아닌데, 이게 아닌데, 하면서도 나는 이러저러한 것들로부터 계속 도망치고 있었던 거지. 나는 그 남자에게 그 얘기를 다 했지. 그러자 그 남자는 아무 말 하지 않고 나를 안아주고 내 얘기를 들어주었어. 너무 아늑하고 포근해서 아마 죽음의 냄새를 맡았던가봐. 그 남자를 만나서 나는 내가 무엇으로부터 도망치고 있는지 알게 됐어."

그녀는 빌딩 벽에 등을 기댄 채로 하늘에 걸린 플래카드를 응시하면서 말을 이었다.

"욕조에 물을 담고 옷을 벗고 욕실로 들어가다가 거울에 비친 내 모습을 봤어. 왜 그렇게 낯설었을까. 욕조로 들어가 그가 건네준 칼을 받아들자 다시 한번 내 모습이 보고 싶어졌어. 그렇게 물에서 나오기를 세 번. 그가 욕실 문 밖에서 부드럽게 웃고 있었어. 그가 말하더군. 쉽지 않을 거라고 했잖아요. 그만 몸을 닦고 밖으로 나와요. 칼은 이리 주시구요. 나는 그에게 칼을 건네고 욕조의 물을 빼버렸어. 몸을 닦고 밖으로 나오는데 현기증이 몰려왔고 나는 쓰러졌어. 깨어나니 그의 품속이었고 그는 잠들지 않고 있었어. 나는 다시 태어난 느낌이었어. 그때 그가 말했어. 나중에 다시 해도 늦지 않으니 지금은 그만 쉬라고. 내겐 휴식이 필요하다는 거야. 그러면서 마지막이라 생각하고 평생 동안 거부했던 일이 있다면 그걸 해보라고 하더군. 나는 그에게 내가 살아온 이야기를 다 해주면서 내 작업을 내 눈으로 보고 싶다고 말했어. 그런데 그때 그가 네 이름을 알려주었어. 네 큐레이터 친구가 내게 작업 제안을 해왔을 때 기획전 참가자 명단에서 네 이름을 듣게 되었고 반가웠더랬어."

"그런데 왜 영상을 지워달라고 한 거야?"

"글쎄, 영원히 나를 복제할 수 있는 것 속에 내가 담겼다는 게 두려워졌다고 할까? 그리고 그게 다른 사람이 아닌 네 수중에 있다는 것도 견딜 수가 없었어. 차라리 나와 섹스를 하지 그랬어. 그게 서로에게 편했을 텐데."

그렇게 한참을 아무 말 없이 바라보다가 미미는 그를 지나쳐 걸어갔다. 그는 돌아보지 않았다. 그는 다시 전시회장으로 돌아갔다. 전시장 입구에서 어딘가 낯익은, 그렇지만 구체적 신상은 기억할 수 없는 남자를 보았다. 그 남자는 가볍게 고개를 숙여 그에게 목례를 했고 그도 답례를 했다. 그는 도무지 기억해낼 수 없는 그 남자를 지나쳐 자신의 작품 앞으로 걸어갔다. 한 남자가 자신의 작품을 골똘하게 바라보고 있었다. K였다.

"웬일이야?"

"무슨 얘기든 해야 할 것 같아서."

K는 C의 작품을 바라보면서 말했다.

"세연이 얘기?"

"형 때문이라고 말하고 싶은 건 아냐. 그냥 내 얘기가 하고 싶어."

"그래, 그런 일은 누구의 탓도 아니지."

"세연이에게서 형의 로션 냄새가 나기 시작했을 때 나는 화가 나지도 않았고 그렇다고 힘이 들거나 하지도 않았어. 그냥 좀 피곤했을 따름이야."

K의 눈동자는 붉게 충혈되어 있었다. 관자놀이 부근의 심줄도 강하게 도드라져 보였다. C는 동생의 모습이 극사실주의 회화처럼 보인다고 생각했다.

"그런데 형의 저 작품을 보니까 구역질이 나. 보고 있는 나 자신에게도 구역질이 나고 저걸 만든 형에게도 구역질이 나고 그래. 형은 아마 이해할 거야. 세연이 따위 없어도 그만이지. 형은 계속 저런 식으로 살 거고 나는 기름밥 먹으면서 살겠지. 이놈의 세 꿋 인생이 언제 끝나는지 그것만 궁금해. 나는 오늘 내가 낼 수 있는 최고의 속도를 한번 내볼까 해. 그래, 여태까지 난 언제나 마지막 순간에 액셀에서 발을 뗐었거든. 끝까지 한번 밟아보고 싶어. 정말로 날아갈 때까지."

"정 그러고 싶다면 내가 말릴 수 있는 일은 아니지."

"그렇게 말할 줄 알았어. 참, 오늘 꼭 해주고 싶은 말이 있어서 들렀어. 그거 기억나? 우리집 불났던 거."

"물론 기억하지."

"나비들이 모두 불타버렸다고 형은 밤새 울었지. 그때 그 집 안에 내가 있었는데도 학교에서 돌아온 형은 내 안부보다 나비들을 먼저 찾았지."

아마 그랬을 것이다.

"그날 학교에서 일찍 돌아온 나는 형의 나비 한 마리를 꺼내 불을 붙였더랬지. 날개부터 불이 붙어서 몸통까지 타들어가는데 나는 아무 생각도 할 수 없었어. 진짜 짜릿하고 흥분되는 거야. 어쩌면 형이 아끼는 거라는 걸 잘 알고 있어서 더 그랬는지도 모르지. 그렇게 하나둘 나비를 태워가는 사이 방 어딘가에 불이 붙기 시작했던 것 같아. 나는 그런 줄도 모르고 불장난을 멈추지 않았어. 그렇게 얼마쯤 지나서야 나는 불이 벽을 타고 천장에까지 옮겨붙은 걸 알고는 집에서 도망을 나갔더랬어. 형이 돌아와 나비들을 부르며 울고불고할 때, 무섭고 떨리면서도 한편으로는 통쾌했었던 것 같아."

"이제 와서 왜 그런 얘기를 하는 거지?"

"늘 마음에 걸리던 거였거든."

"신경쓰지 마. 어차피 죽은 나비들인데."

"그래야겠지. 죽은 것들은 다 잊는 게 좋겠지."

K는 그 말을 마지막으로 전시장을 떠났다. C는 그를 붙잡지 못했고 그것이 너무 자연스러운 행동으로 생각되는 것이 C에게는 새삼 불편했다.

아파트로 돌아온 C는 미미의 퍼포먼스만을 담은 영상을 다시 돌려보았다. 그녀 말대로 C는 이제 수백 번 수천 번 그녀를 재생할 수 있었다.

밤이 이슥하도록 영상을 보고 또 보았다. 견딜 수 없는 피로와 권태가 모니터와 그 사이에 가득 찼다. 그렇게 얼마간 잠이 들었다가 자리끼를 찾으러 일어나는 순간 어두운 방에서 홀로 발광發光하는 모니터를 보았다. 그때 돌아본 그의 아파트는 깊디깊은 동굴이었고 그 속에서 외로이 빛나는 푸른 모니터는 미미였고 동시에 유디트였다.

목이 심하게 말라왔다.

# 5. 사르다나팔의 죽음

작업은 마무리되었다. 아직 해는 떠오르지 않았다. 나는 프린터에 종이를 끼워넣고 그동안 쓴 글을 출력하기 시작했다. 오디오에선 마리아 칼라스가 밤새도록 노래하고 있었다. 괴팍하고 제멋대로인 마리아 칼라스를 나는 좋아한다. 성량을 감당하지 못해 스피커가 찢어졌다는 그녀는 용서받기에 충분한 목소리를 가졌다.

출력이 진행되는 동안 화집을 한 권 집어든다. 화집으로만 서가를 가득 채우는 것이 내 소망이다. 이번 작업이 끝나면 아마도 그 소망을 이룰 수 있을 것 같다. 이번에 집어든 건 들라크루아다. 나는 낭만주의를 좋아하지 않는다. 그들은 감정이 과잉되어 있다. 그렇지만 들라크루아의 이 작품만은 좋아한다.

〈사르다나팔의 죽음〉. 성도의 함락을 눈앞에 둔 아시리아의 왕이 무사들을 시켜 그의 왕비와 애첩들을 살해하는 장면이다. 한 건장한 무사가 냉정한 표정으로 몸을 한껏 젖힌 전라의 여인을 등뒤에서 껴안고 위로부터 수직으로 칼을 내리꽂고 있다. 가로 오 미터, 세로 사 미터의 화면은 살육의 잔치로 가득하다. 화면 왼쪽에는 왕의 애마를 끌어내는 흑인 무사의 모습이 보인다. 말도 곧 살해될 운명에 처해 있다.

그러나 이 낭만주의적 화려함 때문에 이 그림을 좋아하는 것은 아니다. 그림의 왼쪽 상단에서 이 모든 광경을 관조하는 자가 있다. 그는 아시리아의 왕 사르다나팔이다. 왕은 한 팔로 머리를 괸 채 자신의 애마와 애첩들의 몸에서 뿜어나오는 피를 물끄러미 바라보고 있을 뿐이다. 이 그림을 보는 사람들은 제일 마지막에야 왕을 발견하게 된다. 그는 눈에 잘 띄지 않는 화면의 구석에 그려져 있다. 반면에 살육 장면들은 환하고 밝게 묘사되어 있고 게다가 살해되는 여자들은 나체다. 뒤늦게 사르다나팔 왕을 발견하게 되는 관람자들은 숨을 죽이게 마련이다. 냉정하게 자신의 패배를 지켜보는 왕과 몸을 뒤틀며 죽어가는 여인들의 대조가 이 그림의 백미다. 이 광란의 무도를 지켜보는 사르다나팔 왕은 들라크루아 자신의 모습이다. 그는 신이 되고 싶었던 것이다. 그러나 내가 진정으로 감정이입하게 되는 인물은 들라크루아가 아닌 바로 사르다나팔이다. 멸망해가는 자신의 왕국에서 죽음의 향연을 벌여야 하는 비운의 왕 말이다.

같은 소재를 삼류 화가가 그렸다면 아마도 사르다나팔이 자기 머리를 두 팔로 감싸며 비통해하는 것으로 묘사했을 것이다. 들라크루아는 알고 있었으리라. 죽음을 주재하는 자의 내면에 대해서 말이다.

나는 거실로 나가 화분들에 물을 주기로 한다. 거실을 가득 메운 꽃들은 언제나 그대로다. 내 꽃들은 새로 피지도 떨어지지도 않는다. 이곳으로 이사오면서 사들인 조화들에게 나는 일주일에 한 번씩 물을 준다. 다음 달에는 이 꽃들을 모두 버리고 새로운 조화를 들여놓을 작정이다.

내 아파트를 찾아왔던 유일한 의뢰인 미미는 거실 가득 피어 있는 조화들을 보고 소스라쳤었다. 그것이 조화인 것을 안 뒤부터는 그 근처에도 가지 않으려 했다.

"왜 이런 조화로 장식을 하는 거예요? 그것도 이렇게나 많이."

"조화든 생화든 나한테는 마찬가지지요."

결국 미미는 나를 다시 찾아온 셈이다. 그러나 표정은 한결 밝았다.

"그 사람을 만났나요?"

미미는 고개를 끄덕였다.

"멋진 작업이었어요. 그렇지만 그 사람이 내게 구원일 수는 없었어요."

"아무도 다른 누구에게 구원일 수는 없어요."


미미는 욕조로 들어가기 전 레너드 코헨의 〈Everybody Knows〉를 틀어놓고 오랫동안 춤을 추었다. 레너드 코헨의 거친 음색과 육중한 베이스 음이 그녀의 춤과 잘 어울렸다. 욕실 쪽에서는 한껏 틀어놓은 물소리가 아련하게 들려왔다. 물은 계속 흘러넘치고 있었을 것이다. 그녀는 열 번쯤 〈Everybody Knows〉를 듣고 욕조로 걸어 들어갔다. 나는 욕실 앞에 서서 그녀가 욕조 속으로 천천히 자신의 육체를 담그는 것을, 그리하여 그 물이 흘러넘치는 것을 바라보았다. 칼을 집어들면서 그녀는 내 쪽을 힐끗 바라보았다.

"안녕! 고마웠어요. 당신의 꽃들이 영원하길."

"당신도 잘 가요."

붉은 피가 욕조 깊숙한 곳에서 빠르게 퍼져나가고 있었다. 그녀는 희미해져가는 정신으로 욕실 입구에 서 있는 나를 바라보려 애쓰고 있었다. 그녀의 눈이 점점 가늘어져갔다. 나는 떠날 때가 되었다고 판단했다.

"나는 이만 가볼게요. 부디 좋은 여행이 되길 바랍니다."


미미는 멋지게 떠났다. 유디트는 편안하게 갔다. 지금 이 순간 절실하게 그녀들이 그립다. 그들의 이야기를 담은 글도 완성되었고 이제 이 글은 그들의 무덤 위에 놓일 아름다운 조화가 될 것이다. 이 글을 보는 사람들 모두 일생에 한 번쯤은 유디트와 미미처럼 마로니에 공원이나 한적한 길모퉁이에서 나를 만나게 될 것이다. 나는 아무예고 없이 다가가 물을 것이다. 멀리 왔는데도 아무것도 변한 게 없지 않느냐고. 또는, 휴식을 원하지 않느냐고. 그때 내 손을 잡고 따라오라. 그럴 자신이 없는 자들은 절대 뒤돌아보지 말 일이다. 고통스럽고 무료하더라도 그대들 갈 길을 가라. 나는 너무 많은 의뢰인을 원하지 않는다. 그리고 무엇보다 이제는 내가 쉬고 싶어진다. 내 거실 가득히 피어 있는 조화 무더기들처럼 내 인생은 언제나 변함없고 한없이 무료하다.

이제 이 소설을 부치고 나면 나도 이 아시리아를 떠날 것이다. 어딘가에서 또 미미나 유디트 같은 이가 나를 기다리고 있을까? 왜 멀리 떠나가도 변하는 게 없을까. 인생이란.

# 자살의 윤리학

**류보선(문학평론가)**

## 1. 자살, 혹은 현대성의 거울

김영하의 『나는 나를 파괴할 권리가 있다』(이하 『파괴』)를 다시 읽는 일은 대단히 흥미진진한 일이다. 그것은 곧 뛰어난 명편의 미적 구조를 밝히는 일이자 한 문제적인 작가의 기원을 읽어내는 일이며 동시에 한국문학사에 등재된 새로운 계보의 발생론적 기원을 탐색하는 일이기 때문이다.

김영하의 『파괴』는 대단히 낯설고 기괴한 소설이다. 이 낯섦과 기괴함은 우선 『파괴』에 등장하는 인물들과 그들의 기이한 관계에서 연원한다. 『파괴』에 등장하는 인물들은 하나같이 지금, 이곳의 규범성과 실질적으로 단절된 채 살아간다. 『파괴』에는 우선 눈에 확 띄는 인물이 있다. '자살안내자' 혹은 '자살청부업자'라 부를 만한 작중화자이다. 그는 오로지 현존재들에게 내재해 있는 죽음의 충동을 찾으러 다닌다. 그리고 누구에게선가 그 내밀하지만 강렬한 충동을 발견하면 그에게 서슴없이 영웅적이고 압축적인 삶을, 그러니까 자살을 권유하고, 그러다가 그들이 용기 있는 결단을 내릴 경우 안전하고 실패 없이(?) 자신의 삶을 스스로 압축할 수 있도록 도와준다. 이러한 인물은 이제까지 그 유례를 찾아보기 힘든 인물이거니와, 이 낯설고 기괴한 인물이야말로『파괴』를 낯설고 기괴하게 만드는 주요한 요인이다. 그러나『파괴』의 인물들 중 단지 '자살안내자'만 기괴한 것은 아니다. 정도는 덜하더라도 여타의 인물 역시 지금 이곳의 규범성과 실질적으로 단절되어 있기는 마찬가지이다. 어머니의 장례식날 장례식에 참례하는 대신 한 여성과 섹스를 나누는 인물이 있는가 하면 자기 정인의 형을 유혹하는 여성이 있다. 기괴하기는 그 형도 다르지 않다. 형은 아무 거리낌없이 그 유혹을 받아들이며 결국에는 형제끼리 그 여성을 공유하는 상황도 마다하지 않는다. 그는 또 자살할 결심을 짙게 암시하는 여성을 붙잡는 대신 그녀를 담은 화면만을 되풀이해서 돌려보기만 하는 인물이기도 하다. 그런가 하면 정액을 마실 때마다 물로 입을 헹군 경험 때문에 급기야는 물만 마시면 구토를 해대는 여성이 등장하기도 한다. 이렇듯 규범성 바깥의 인물들로 가득 찼으니, 또한 이러한 인물들을 지금 이곳의 전형적인 현존 형식으로 형상화하고 있으니,『파괴』가 낯설고 기괴하게 다가오는 것은 오히려 당연하다.

하지만『파괴』를 기이하게 만든 궁극적인 요인은 이런 규범 바깥의 인물들을 한자리에 불러모은 서사원리에 있을 터이다. 『파괴』의 부분과 전체, 인물과 인물, 묘사와 서사를 구성하는 핵심적인 원리는 대단히 파격적이며 도발적이다. 『파괴』는 인간의 최고의 권리로 자기 스스로를 파괴할 권리, 그러니까 자살할 권리를 설정한다. 즉 인간 각자는 모두 스스로를 파괴할 권리가 있으며 또한 그 권리를 행사하는 자만이 진정한 인간이라는 것이다. 『파괴』는, '나는 전사하고 싶지 않다. 그러므로 내가 죽고 싶을 때 죽을 것이다'라며 자살을 하나의 예술의 경지로 끌어올렸던 다다이스트를 연상시키는 문제틀을 가지고 지금, 이곳을 바라보고 재구성한다. 아니, 지금 이곳에 대한 나름대로의 성찰의 결과 자살을 인간의 유일한 자존으로 설정하게 했을지도 모를 일이다. 경우야 어떠하건 『파괴』는 자살을 인간이 택할 수 있는 진정한 실천의 형식으로 설정하고 그 프리즘을 통해 세상을 바라본다. 이를 통해 『파괴』가 그려내는 현실은 지독하게 반어적이며 역설적이다. 『파괴』에 따르면 현존재는 모두 살아 있으되 죽어 있으며, 존재들간의 관계는 집요하고 격렬하되 그 관계의 안은 텅 비어 있다. 『파괴』는 이러한 현실을 다만 냉정하고 건조하게 그려내지만 그것은 충분히 공포와 두려움을 느끼게 한다. 그만큼 『파괴』는 그간의 좁고 견고한 환상체계에 의해 가려져 있던 무시무시하면서도 매혹적인 실존들, 예컨대 현대사회의 고독과 퇴폐, 권태감과 그로 인한 에로티시즘과 죽음충동들을 설득력 있게 귀환시킨다. 그렇게 『파괴』는 그 동안 한국문학이라는 규범성에 의해 가려졌던 끓어넘치는 수많은 실재들을 발견하고 그것을 집중적으로 텍스트화하거니와, 이는 『파괴』의 득의의 성과라 할 수 있다. 해서, 이렇게 말할 수도 있다. 『파괴』와 더불어 비로소 한국문학은 현대의 우울한 실존에 대한 깊고 냉정한 응시를 하게 되었다고.

하지만 『파괴』의 의미는 이에 그치지 않는다. 『파괴』가 그간 가려졌던 무시무시한 실존들을 귀환시키자 그야말로 놀라운 일이 벌어진다. 죽음충동들의 귀환은 곧 기존의 보편성을 더이상 존립하기 힘들 정도로 근본적으로 뒤흔들어 그것을 내파시키는 것은 물론 기존의 주체화의 길을 무의미하게 만들어버린다. 『파괴』 이후 한국문학은 순식간에 『파괴』 이전의 좁고 견고한 문제틀로 돌아갈 수 없게 된 것이다. 당연히 한국문학 전반에는 새로운 주체화의 길을 정립해야 하는 상황에 놓이게 되었고, 실제로 『파괴』 이후 한국문학은 그것을 정립하는 방향으로 치닫는다. 결국 "미래란 성립된 규범성과 절대적으로 단절된 무엇이며 따라서 미래는 일종의 기괴함 속에서만 자신을 예고하고 스스로를 현전시킬 수 있다"[1]라는 데리다의 말을 빌리자면, 『파괴』의 기괴함은 앞으로 올 미래를 미리 알리는 어떤 전조로서의 기괴함이었다고 할 수 있는 것이다. 한 눈 밝은 평자는 일찍이 『파괴』를 위시한 김영하의 소설을 두고 '시대적 단절점을 명백히 구현한 소설'이라고 명했던 바,[2] 이는 결코 과장이 아니었던 것이다. 그렇게 『파괴』는 한국소설 전반을 『파괴』 이전의 소설과 실질적으

---

1) 자크 데리다, 『그라마톨로지』, 김성도 옮김, 민음사, 1996, 17쪽
2) 남진우, 『숲으로 된 성벽』, 문학동네, 1999, 274쪽

로 단절시키는 알랭 바디우적 의미의 사건에 해당하는 소설이라 할수 있으며 동시에 그 이후에 출몰하는 소설의 운명을 미리 결정지은, 그러니까『파괴』이후 소설의 한 기원에 해당한다고도 할 수 있다. 즉『파괴』는,『무정』(이광수)『삼대』(염상섭)『고향』(이기영)『광장』(최인훈)『난장이가 쏘아올린 작은 공』(조세희)『외딴 방』(신경숙)『새의 선물』(은희경) 등 몇몇 획시기적인 소설이 그러하듯, 우리의 역사가 새로운 시·공간에 진입했음을 알리는 이정표이자 동시에 우리의 역사를 새로운 국면으로 진입시킨 신호탄, 즉 우리 역사전체의 거대한 전환을 이끌어낸 바로 그 소설인 것이다.

『파괴』를 세밀하게 읽는 일이 대단히 흥미진진한 것은『파괴』가놓여 있는 이러한 맥락과 관계가 있음은 물론이다. 반복되는 감이없지는 않지만,『파괴』를 다시 읽는 것은 한 문제적인 작가의 기원은 물론 한국문학사에 등재된 새로운 계보의 발생론적 기원을 탐색하는 일이며 동시에 그를 통해 이후 김영하 소설의 여러 이정표들을되짚어보는 일인 것이다. 그렇다면『파괴』를 다시 읽는 일은 흥미진진한 일일 뿐만 아니라 대단히 시급한 일이라고도 할 수 있다.

물론 그렇다고 그 동안『파괴』가 안 읽혔다는 것은 아니다.『파괴』는 문제작답게 발표되던 때부터 지금까지 줄곧 읽혀왔다. 하여 이소설은 전혀 새로운 세대 혹은 감수성의 출현을 알리는 신호탄으로받아들여지기도 했고, 또한 이전 시대의 실질적이고도 분명한 차이를 만들어낸 대표적인 소설로 규정되기도 했다. 이렇게『파괴』에 대한 여러 세밀한 독법이 있음에도 불구하고 이 소설은 더욱 세밀하게 읽혀질 필요가 있다. 앞서의 독서들은 역시 대단히 치밀한 것이기는 하나 그것은『파괴』가 생산된 현장에 지나치게 밀착되어 있는 듯한 아쉬움을 주는 것도 사실이다. 주로 이제까지『파괴』에 대한 독서는 이 소설의 기이한 점들을 항목화하는 데 지나치게 몰두한 듯한 느낌이다. 해서 결과적으로는『파괴』가 기존의 규범성을 무화시키고 새로운 주체화의 길을 가능케 한 동역학이 충분히 검토되지 않았다. 예컨대『파괴』가 행한 놀라운 발견과 천재적인 은폐의 과정이 정밀하게 탐사되지 않은 것이다. 세상을 보는 새로운 시선 혹은 감수성의 탄생은, 새로운 인식이란 곧 새로운 도식화를 의미한다는 니체의 말이 아니더라도, 이전에는 전혀 연관이 없는 것으로 읽혀졌던 독립적인 두 개의 사물, 두 개의 대립물을 자의적이고도 경이롭게 병존시키고 등가화시키면서 이루어진다. 즉 각각의 사물들 사이에 존재하는 차이나 고유성, 실재들을 천재적으로 은폐하고 그것들 사이의 보이지 않는 유사성을 혁명적으로 전면화시킨 결과물이 곧 새로운 감수성의 실체인 것이다. 그러므로『파괴』의 획시기적 성격을 규명하기 위해서는 바로 이 과정을 정밀하게 탐사해야 한다. 그러니까『파괴』가 특정 사물과 관념을 어떤 방식으로 등가화하고 기존의 관습상 등가적인 것으로 묶여 있던 사물들을 어떻게 다른 것으로 만들어내는지의 흔적을 찾아내고, 동시에 그를 통해 발견한 규범 너머의 실재는 무엇이며 그 새롭게 찾아낸 실재들의 더미 속에서 구축한 실재의 윤리학은 무엇인지가 꼼꼼하게 짚어져야 하는 것이다. 이 점이『파괴』에 대한 또다른 독서가 필요한 까닭이다. 아울러 이것이 이 글의 출발점임도 물론이다.

그러면 이제 『파괴』라는 무시무시하고 매혹적인 이종이 탄생하는 지점, 그러니까 놀라운 발견과 천재적인 은폐가 동시에 행해지는 연금술의 현장으로 가보도록 하자.


## 2. 죽음의 무대화와 모더니티의 귀환

『파괴』는 '두 개의 회화를 묘사하는 것으로 시작하고 끝난다'.[3] 『파괴』의 시작과 끝을 장식하는 두 개의 회화란 다름아닌 〈마라의 죽음〉과 〈사르다나팔의 죽음〉이다. 그러니까 『파괴』는 죽음에 대한 묘사로부터 죽음에 대한 묘사로 끝나는 셈이다. 이를 통해 우리는 『파괴』가 살아 있는 인간 존재의 영원한 타자라는 죽음에 관한 소설임을 한눈에 짐작할 수 있다. 물론 『파괴』는 우리가 앞서 이야기한 것처럼 일반적인 의미의 죽음에 관한 소설은 아니다. 『파괴』는 죽음 중에서도 주체의 결단을 통한 죽음이라는 점 때문에 죽음의 속성과는 어느 정도 구별되는 자살에 관한 소설이다. 즉 『파괴』는 인간의 유한성의 표징이면서도 동시에 인간의 무한성의 한 형식으로 일컬어지는 자살을 다룬 소설이며, 이 양가성이 강한 죽음 형식을 통해

---

3) 최윤, 「제1회 문학동네 신인작가상 본심 심사평」(김영하, 『나는 나를 파괴할 권리가 있다』, 문학동네, 1996), 162~163쪽

현존재들의 실존을 고유한 방식으로 재현한다. 『파괴』가 죽음에 관한 소설이건 자살에 관한 소설이건 간에 작품은 두 개의 죽음에 관한 회화로 열리고 닫힌다. 이런 점에서 보자면 〈마라의 죽음〉과 〈사르다나팔의 죽음〉에 대한 묘사는 각기 이 소설의 프롤로그와 에필로그에 해당한다고 할 수 있다. 즉 『파괴』는 〈마라의 죽음〉을 묘사하는 대목에서 앞으로 펼쳐질 소설의 전개가 암시되고 〈사르다나팔의 죽음〉을 묘사하는 과정에서 자연스럽게 그간 다양하게 펼쳐진 이야기들을 종합한다.

하지만 『파괴』에서 이 두 개의 회화에 대한 묘사는 단지 이러한 서사적 기능만을 담당하는 데 그치지 않는다. 그것은 "낭만주의적인 현실을 신고전주의적 절제로 표현하겠다는 기획", 그러니까 "세상은 낭만주의 시대의 시간이나 감성처럼 흥청거리며 과장적으로 피와 상처와 좌절을 요구하며 넘쳐흐"르지만 "그것에 함몰되지 않기 위해 절제와 감정의 거세를 택하겠다, 는 기획"[4]을 드러내는 독특한 장치이기도 하다. 하지만 역시 그것이 다는 아니다. 죽음을 다룬 두 회화에 대한 묘사는 오로지 죽음이라는 현상을 중심으로 현존재들의 실존은 물론 인류 역사 전반을 맥락화할 수 있게 하는 핵심적인 기제이며, 이는 『파괴』가 문제성을 확보한 바로 그 요인이다.

사실, 죽음 특히 자살을 누빔점으로 하는 『파괴』의 문제의식은 지나치게 도발적이고 전복적이어서 그것은 여간해서는 설득력을 획득

---

4) 앞의 글, 162쪽

하기 힘들다. 『파괴』는 자살만이 성공적인 행위이며 또 인간에게 남겨진 유일하게 진정한 실천이라고 말하고 있는 것이다. 이러한 문제 틀은 라캉이나 라캉의 후예들처럼 현재의 큰타자 전부를 무로 만드는 행위 속에서만 실재를 만날 수 있고, 실재의 윤리학을 새로이 구성하는 것이 가능하다고 믿는 존재들에게는 큰 호응을 얻을 수는 있겠으나 여타의 존재들에게 자살이 의미 있는 행위로 받아들여질 가능성은 별로 없는 것이다. 자살이란 꽤 오랫동안 한계상황에 놓인 자의 절망적인 선택으로 비난의 대상이 되었거나 피조물로서의 인간이 신의 권위에 도전하는 월권행위로 규정되었기 때문이다. 물론 자살이 권장되거나 숭고한 희생으로 칭송되는 때가 전혀 없었던 것은 아니다. 조국이나 타인을 구해야 할 때, 독재자의 폭정에 항거할 때 등등. 에밀 뒤르켐이 그의 유명한 저서 『자살론』에서 '이타적인 자살'로 지칭된 그것은 충분히 허용되었을 뿐만 아니라 때로는 권장되기까지 했던 것이다. 하지만 이때의 자살의 허용도 역시 인간 스스로에게 죽을 권리를 준 것은 아니다. 오히려 그것은 더 큰 목적이나 공동체를 위해 죽을 자유를 허용한 것이니 그것은 의무를 강제한 것에 다름아니다. 이렇게 인간이 자기 스스로를 파괴할 권리는 어느 시기에도 쉽게 용납되지 않았고 허용되지 않았다. 이러한 상황은 개인의 자유가 인간됨의 기본 조건으로 요청되던 근대사회에서도 크게 바뀌지 않는다. 칸트는 인간이 자기 자신과의 관계에 있어서 스스로를 단순한 '목적을 위한 수단으로써 사용하는 것', 곧 자살하는 것은 남용이며 비도덕적이며 인간 본성에 반하는 것으로 파악한다.

또한 헤겔은 인간 의지의 절대적 자유에 대한 철저한 신봉자답게 "이 욕망의 본질적 요소에는 모든 것에서 나를 해방하고 모든 목적을 지향하고 모든 것에서 나를 추상화시키는 힘이 들어 있다. 인간만이 모든 것을, 자신의 생명까지도 포기할 수 있다"고 말하지만 그러면서도 자살에 대해서는 "자살은 우선 용기라고 할 수 있지만 그것은 가치 있는 종류로서의 용기는 아니다"라고 분명하게 말한다. 그것은 한 개인이란 오로지 한 개인으로 존재하는 것이 아니라 공동체 속의 한 개인으로 존립하기 때문이다. 헤겔에 따르면 당연히 "국가가 생명을 요구할 때 먼저 개인이 존재해" 있어야 하며 그러므로 인간이 스스로 자신의 생명에 대해 권리를 행사하는 것은 분명히 모순적이다. 한마디로 이제까지의 자살이란 권리가 의무로서만 승인되었고 가치를 인정받았다. 이러한 사정을 감안한다면 『파괴』의 죽음 혹은 자살관은 지나치게 도발적이며 파격적이어서 설득력을 획득하기가 쉽지 않다는 것을 쉽게 확인할 수 있다.[5]

『파괴』에서 제시된 죽음의 철학이 다른 사람들을 설득하기 어려운 이유는 이것 말고도 또 있다. 그것은 『파괴』가 씌어진 시대적 정황과 관련이 있다. 『파괴』가 발표된 1990년대 중반에 '자살만이 유일한 성공적인 행위'라는 죽음에 관한 윤리학을 제시하기란, 또한 그러한 윤

---

5) 자살에 관한 다양한 견해에 대해서는 『어느 쓸쓸한 날의 선택 자살』 (프리드리히 니체 외, 주정관 엮음, 북스토리, 2003) 참조

리학이 설득력을 얻기란 결코 쉽지 않았다. 당시의 상황이란 한편으로는 보다 나은 큰타자 혹은 이상적인 사회의 건설만을 인간의 의미 있는 행위로 고정시킨 채 죽음충동을 포함한 모든 개인적인 질서화되지 않는 혁명적 에네르기들 모두가 불온시되던 상황이었고, 또 한편으로는 그 이상적인 사회의 건설이 좌절한 후에 그 이전 시대의 큰타자에 대한 절대적인 회한에 빠져 있을 때였다. 다시 말해 '역사 혹은 인간에 대한 예의', 그러니까 큰타자에 대한 존경과 향수가 절대적으로 요청되던 상황이었던 것이다. 까닭에 이런 상황에서 『파괴』식의 자살의 윤리학이 공인받기란 결코 쉬운 일이 아니었다.

그러나, 그럼에도 불구하고 『파괴』는 엄청난 반향과 파장을 불러일으킨다. 『파괴』는 순식간에 수많은 계열체들을 거느리며 그 계보의 기원으로 자리하기까지 하는 바, 이는 『파괴』 내부에 이 이질적인 죽음의 윤리학을 자연스럽게 받아들이게 한 내적 장치가 효과적으로 작동하고 있기 때문이라고 할 수 있다. 그 장치란 다름아닌 『파괴』의 앞머리와 끝을 장식하는 두 개의 죽음에 대한 묘사와 관련이 깊다. 『파괴』는 두 개의 죽음에 관한 회화를 묘사하면서 물 흐르듯 절묘하게 죽음, 더 나아가 자살을 역사와 철학의 중심 범주로 끌어올리거니와, 따라서 『파괴』에서 이 두 회화에 대한 묘사가 차지하는 의미와 기능은 절대적이다. 이는 마치 조세희의 『난장이가 쏘아올린 작은 공』이 대단히 인상적인 에필로그와 프롤로그로 소설 안의 사건을 암시하고 총괄하는 한편 수학교사의 일화들로 견고하기 짝이 없던 기존의 권위주의적 담론을 그야말로 자연스럽고 간단하게 해체

했던 경우를 연상시킨다. 그리하여 『난장이가 쏘아올린 작은 공』이 굴뚝 청소를 한 후 아이들의 얼굴을 두고 벌인 수수께끼 하나로 당시의 규범성을 여지없이 무화시켰듯, 『나는 나를 파괴할 권리가 있다』 역시 〈마라의 죽음〉과 〈사르다나팔의 죽음〉에 대한 묘사만으로 당시의 규범성을 간단하게 무의미한 것으로 전도시킨다.

반복되는 감이 있지만 『파괴』는 「마라의 죽음」에서 시작한다. 좀 더 구체적으로 말해 보자. 『파괴』의 첫 문장이 "1793년에 제작된 다비드의 유화 〈마라의 죽음〉을 본다"로 시작하니, 『파괴』는 〈마라의 죽음〉에 대한 응시로부터 시작된다. 그런데 자살청부업자인 작중화자가 〈마라의 죽음〉에서 읽어내는 것은 단순한 한 가지 사실이 아니며, 따라서 대단히 중층적이다. 작중화자는 〈마라의 죽음〉에서 우선 '마라의 죽음'을 보고 '마라의 죽음'을 본다. 즉, 그는 〈마라의 죽음〉에서 마라라는 혁명가의 죽음을 읽고, 또 마라로 상징되는 자코뱅 당 중심의 혁명의 죽음을 읽는 동시에 인간 전체의 죽음의 의미를 발견하는 것이다. 이를 통해 그가 읽어내는 것은 "공포라는 연료 없이 혁명은 굴러가지 않는다. 시간이 흐르면 그 관계가 뒤집힌다. 공포를 위해 혁명이 굴러가기 시작하는 것이다. 그 공포를 창출하는 자는 초연해야 한다. 자신이 유포한 공포의 에너지가 종국엔 그 자신마저 집어삼킬 수 있다는 사실을 인지하고 있어야 한다. 로베스피에르는 결국 기요틴에 의해 목이 잘렸다"는 것이다. 작중화자에게 프랑스 혁명을 상징하는 바로 그 사람, 마라가 인류 역사 속에서 차지하는 위치는 그리 중요하지 않다. 예컨대 마라가 속한 자코뱅 당의 혁명적 이념이나 방법론들, 그리고 자코뱅 당 중심의 프랑스 혁명이 인류사에 가져온 그 수많은 변화들에 대해 그는 거의 무관심하다. 다만 그의 관심은 한 곳에 집중되어 있다. 바로 그 혁명 속에서 이루어진 죽음들이다. 작중화자는 프랑스 혁명이라는 그 격랑을 다만 세 명의 죽음을 중심으로 맥락화한다. 그에게 이 세 명의 죽음을 제외한 프랑스 혁명의 나머지는 중요하지 않는다. 이렇게 작중화자는 프랑스 혁명에서 세 명의 미학적이고 비장한 죽음을 발견하여 프랑스 혁명을 그야말로 놀라운 방식으로 총괄한다. 하지만 그것은 프랑스 혁명이라는 그 거대하고도 활력이 넘치는 전체에서 세 명의 극적인 죽음을 제외하고 모든 것을 다 배제시키는 천재적인 은폐의 과정이기도 하다. 『파괴』는 이렇게 무서울 정도로 놀라운 압축과 천재적인 배제를 통하여 프랑스 혁명을 다만 몇몇 죽음의 내러티브로 기록한다. 뿐만 아니라 인류 역사 전체를 죽음의 연쇄들로 서사화하기에 이른다. 그를 통해 『파괴』의 작중화자는 과거의 역사부터 지금에 이르기까지, 이곳에서부터 지구의 저곳까지를 다만 죽음을 둘러싼 역사적 사건들로만 서사화하고 그것을 제외하고 인간을 바라보는 어떤 것도 틈입시키지 않는다. 이를 우리는 보니체르가 히치콕을 설명하기 위해 말했던 개념을 빌려 '죽음의 무대화'[6]라 부를 수 있거니와, 이 집요한 '죽음의 무대화'는 『파괴』가 기존의 규범성을 간단하

---

6) 파스칼 보니체르, 「히치콕의 서스펜스」, 『항상 라캉에 대해 묻고 싶었지만 감히 히치콕에게 물어보지 못한 모든 것』, 슬라보예 지젝 엮음, 김소영 옮김, 새물결, 2001, 35쪽.

게 무화시키는 궁극적인 요인으로 작용한다.

하지만 『파괴』의 죽음을 중심으로 한 역사의 서사화는 역사에 대한 지나친 단순화이자 사사화私史化라 할 수밖에 없으며 따라서 이것만으로는 설득력이 떨어지는 것이 사실이다. 또한『파괴』의 〈마라의 죽음〉을 통한 죽음의 무대화는 아직도 죽음 일반의 의미를 제시한 것일 뿐『파괴』가 전면에 내세운 인간이 스스로를 파괴할 권리, 그러니까 자살의 윤리학에까지 이르지 못한 것도 사실이다.『파괴』는 역사 속의 죽음 혹은 죽음의 역사를 그야말로 역사의 총화로 만들기 위해, 그리고 죽음의 미학에서 자살의 윤리학으로 나아가기 위해 또 다른 보완물을 외삽시키는 바, 하나는 '건조하고 냉정한 관찰'이고 또하나는 압축의 미학이다. 작가는 그리고 작중화자는 〈마라의 죽음〉을 응시하면서 그야말로 건조하고 냉정하게 말한다. '왜 유독 역사 속의 죽음, 혹은 죽음의 역사가 인류 역사의 핵심이냐고, 왜 다른 것을 통해서는 그것이 불가능하냐고. 그렇다면 다비드의 〈마라의 죽음〉을 보라.' 작중화자는 다비드의 〈마라의 죽음〉에서 다음과 같은 것을 발견한다. "다비드의 마라에게선 불의의 기습을 당한 젊은 혁명가의 억울함도, 세상 번뇌에서 벗어난 자의 후련함도 보이지 않는다. 다비드의 마라는 편안하면서 고통스럽고 증오하면서도 이해한다. 한 인간의 내부에서 대립하는 이 모든 감정들을 다비드는 죽은 자의 표정을 통해 구현했던 것이다. (……) 다비드는 멋지다. 격정이 격정을 만드는 것은 아니다. 건조하고 냉정할 것. 이것은 예술가의 지상 덕목이다."(8쪽) 다비드의 〈마라의 죽음〉을 보면

여느 사람은 볼 수 없는, 오직 건조하고 냉정한 자만이 발견할 수 있는 것이 있다는 것이다. 인간 내부에 대립하는 그 격한 감정들과 그것들이 빚어내는 삶의 비의들, 혹은 죽음을 앞둔 인간만이 볼 수 있는 존재의 의미들. 그러니 역사란 죽음을 앞둔 인간만 볼 수 있는 이 진리의 빛들의 연쇄로 기술되어야만 의미가 있을 수 있다는 것이다. 결국 『파괴』는 죽음이, 죽음의 역사가 그토록 중요한 이유를 나름대로 제시한다. 하지만 그것은 우리가 예상하고 기대하는 것과 다르다. 『파괴』는 죽음이 그토록 중요한 이유를 철학적으로 증명하는 것이 아니라 동어반복으로 대신한다. 죽음이 왜 그리 중요하냐고? 중요하다. 건조하고 냉정해지면 죽음에서, 죽은 자의 표정에서 중요한 것들을 발견할 수 있기 때문이다. 다시 말해 죽은 자가 중요한 것은 그 존재가 다름아닌 죽은 자이기 때문이다. 건조하고 냉정하라. 그러면 보일 것이다.

이렇게 『파괴』는 죽음의 역사를 역사의 총화로 내세운다. 다시 말해 인류 역사 전체를 '죽음의 무대'로 만든다. 『파괴』는 그렇게 역사를 죽음의 무대로 구축해놓고 '압축의 미학'에 대해 말한다. "압축할 줄 모르는 자들은 뻔뻔하다. 자신의 너저분한 인생을 하릴없이 연장해가는 자들도 그러하다. 압축의 미학을 모르는 자들은 삶의 비의를 결코 알지 못하고 죽는다."(10쪽) 작중화자는 압축은 아름다움을 예찬하지만 그것은 결코 아름다운 것만은 아니다. 예컨대 이런 것이다. 『파괴』의 작중화자는 여행책자 읽기를 즐기는 것으로 되어 있다. 이유는 간단한데, '여행안내책자들은 복잡한 사실들을 간단하고 명쾌하게 축약해놓기' 때문이다. "한 도시에는 수십만 개의 인생이 있고 수백 년의 역사가 있고, 인생과 역사가 교직하면서 만들어온 흔적이 있"을 터, 그러나 여행안내책자들은 그 모든 것을 "단 몇 줄로 줄여버린"다는 것이다. 작중화자는 이것을 너저분하지 않다고, 아름답다고 말한다. 하지만 문제는 간단하지 않다. 바로 이때부터 수많은 문제가 발생한다. 가령 한 도시의 수십만 개의 인생과 수백 년의 역사를 축약하는 방식은 그야말로 무궁무진할 수밖에 없으며, 이때 문제는 이 명쾌한 축약이 과연 얼마나 그 대상을 정확하게 혹은 풍부하게 재현한 것이냐 하는 것이다. 만약 그 축약이 대상을 정확하게 혹은 풍부하게 재현한 것이 아닐 경우, 그것은 혹여 아름다울 수는 있으나 엄청난 폭력이나 공포의 상황을 가져올 수도 있다. 그러므로 압축의 미학을 말하기 위해서는 압축 그 자체가 중요한 것이 아니라 압축의 방식과 압축의 객관성 같은 것들이 말해져야 한다. 그러나 작중화자는 이런 것들을 고려하지 않는다. 다만 인간의 역사 전체를 압축적인 삶과 너저분한 삶으로 분할하고, 이중 어떤 삶을 사는 것이 옳으냐고 묻는다. 뿐만 아니라 이러한 분할은 슬그머니 자기 스스로 자기 자신의 삶을 압축하는(곧 자살하는) 아름다운 삶과 자신의 너저분한 인생을 하릴없이 연장하는 뻔뻔한 삶의 분할로 옮겨가고, 또 질문은 이어진다. 어떤 삶을 살 것이냐고. 이것이 질문이 아니라 강요임은 분명하다. 양자택일적인 질문이지만 선택할 것은 하나밖에 없기 때문이다. 이렇게 『파괴』는 압축의 미학에서 슬그머니 자살의 윤리학으로 넘어간다. 하지만 이 이행의 과정은 단연코 비약이다. 압축적인 삶 역시 무궁무진하기 때문이다. 압축적인 삶이 단지 물리적인 시간의 짧음을 의미하는 것이 아니라 의미 있고 가치 있는, 그리고 아름다운 삶이란 얼마든지 가능한 것이다. 예컨대 역사에 헌신할 수도 있고, 또 타자를 위해 자신을 희생할 수도 있고, 또 아니면 이전에 볼 수 없었던 전혀 새로운 진리체계를 만들어낼 수도 있을 터이다. 하지만 『파괴』는 이런 것에 대한 고려없이 압축적인 삶을 곧 자기 자신을 파괴할 권리로 한정한다. 그리고 셰익스피어를 빌려 "죽음이 감히 우리에게 찾아오기 전에, 우리가 먼저 그 비밀스런 죽음의 집으로 달려들어"가는 것을 지상선 혹은 지고지순한 아름다움으로 제시한다.

『파괴』가 자살의 윤리학에 이르는 과정에서 행하는 단선화와 비약은 〈사르다나팔의 죽음〉에 대한 묘사에서도 그대로 반복된다. 작중화자는 〈사르다나팔의 죽음〉에서 자신의 소중한 것들을 먼저 파괴하고 자신의 파괴를 기다리는, 그러니까 비극적이면서도 동시에 자발적인 죽음의 의미와 가치를 칭송하고 있지만, 여기에서도 역시 일방적으로 칭송하기엔 마뜩찮은 여러 문제들이 개입되어 있기는 마찬가지이다. 특히 왕의 자발적인 죽음을 위해 일방적으로 희생당하는 존재들의 입장을 고려하면 왕의 이러한 선택은 아름다운 것이 아니라 철저하게 자신만을 배려한 행위이며, 또 그들의 입장에서 보자면 왕의 선택은 파괴된 이성이 벌이는 광기의 향연일 수도 있는 것이다. 하지만 『파괴』는 이러한 측면에 대해서 말하지 않는다. 다만 더이상 추하게 기다리지 말고, 요구된 작업을 다 마친 그래서 이제는 너저분한 연장延長만 남은 인생은 자발적으로 꺼야 한다고 말할 뿐이다.

『파괴』의 이러한 죽음관은, 니체의 자발적이고 이성적인 죽음을 향한 결단을 연상시킨다는 점에서 보편성이 없는 것이 아니고, 또한 『파괴』가 지금 이곳의 삶을 너저분하고 부조리한 삶의 단순한 반복으로 보고 있다는 점에서 개연성을 띠는 것은 사실이나, 그렇다고 압축의 미학에서 자살의 윤리학으로 이행하는 과정에서의 비약이 사라지는 것은 아니며 『파괴』는 이처럼 논리적인 비약을 통해 특유의 자살의 윤리학을 완성한다. 우리가 사용하던 표현대로 하자면 『파괴』는 논리상의 단절을 거쳐 '죽음의 무대화'를 넘어 '자살의 무대화'를 완성한다.

물론 여기서 '자살의 무대화'에 이르는 과정에 있어서 나타나는 논리상의 단절을 애써 강조하는 것은 그것 때문에 『파괴』가 어떤 근원적인 한계를 안고 있다는 것을 말하려는 것이 아니다. 오히려 논리상의 단절과 비약이 있어야만, 그것도 천재적인 은폐가 있어야만 새로움과 낯섦은 성립이 가능하다. 그것이 없으면 어떠한 새로움도 낯섦도, 그리고 새로운 인식체계도 없다. 인식한다는 것은 곧 도식화한다는 것을 의미하며 놀라운 발견이란 곧 천재적인 은폐를 거쳐야만 가능하기 때문이다. 그러므로 낯섦과 새로움에서 우리가 주목할 것은 그것의 논리적 일관성이 아니라 그 천재적인 은폐를 통해 발견해낸 것의 가치이다.

이런 점에서 보자면 『파괴』는 대단히 놀라운 소설이다. 『파괴』는 그 특유의 선택과 집중을 통해서, 다시 말해 천재적인 배제와 은폐의 과정을 통해서 인간 삶의 중요한 한 영역인 죽음의 문제를 한국문학 전반에 다시 불러들인다. 즉 『파괴』는 '엄연히 곁에 있으면서도 모두가 모른 체하고 있는 죽음의 문제, 스쳐가는 교통사고쯤으로 여기면서 아무도 진지하게는 생각하지 않으려 하는 그 진부한 고전적 주제를 몽타주를 방부하는 절묘한 구성으로 배열하고, 만화 같은 저돌성으로 털썩 생짜를 들이미는 솜씨가 가히 충격적인' 소설인 것이다. 『파괴』가 충격적인 것은 물론 단지 죽음 혹은 자살의 문제만을 귀환시켰다는 데에 있지 않다. 『파괴』는 자살과 더불어 자살의 윤리학을 제기하게 된 현실적 조건들, 구체적으로는 근대사회의 고독과 권태, 그리고 퇴폐와 그로 인해 발생한 실재계를 향한 사이비 열망들을 같이 데리고 돌아온다. 한마디로 『파괴』는 그 동안 분단 등 한국적 개별성만을 특화시킨 이데올로기들이 저 하위 범주로 내친 요소들을 다시 우리의 삶 곁으로 복귀시키기거니와 그 결과 우리는 『파괴』에서 비로소 '있는 그대로의 현실' 혹은 '객관성'의 미망 아래 현재의 규범성 바깥에 밀쳐져 있던 실재들을 여럿 다시 만날 수 있게 되었다. 이것이야말로 『파괴』의 핵심적인 의미라 할 수 있다. 『파괴』가 이렇게 규범적 현실 너머의 실재를 길어올리는 의미를 획득하게 된 데에는 무엇보다 『파괴』를 열고 닫는 두 개의 회화에 대한 독특한 묘사가 큰 역할을 했음은 물론이다. 『파괴』는 다만 두 개의 회화에 대한 묘사만으로 역사를 죽음의 무대로 만들고 자살을 그 무대의 가장 의미 있는 윤리로 자리하게 한 셈이니, 『파괴』의 구성이 절묘하다 함은 이를 두고 이른 말이라 할 수 있다.

하여간, 『파괴』는 이렇게 놀라운 발견과 천재적인 은폐술로 지금, 이곳을 죽음의 무대로 바꾸어놓고는 여러 인물들을 불러모아 죽음의 향연을 펼친다. 그리고 그 무대에서 벌어지는 어두운 향연을 통하여 왜 이 시대에는 자살만이 유일하게 성공적인 행위인지, 우리는 어떤 폐허 속에서 살고 있으며 그 무시무시하고도 매혹적인 실존 속에서 가능한 윤리학이 무엇인지를 치밀하게 충격적으로 보여준다.

## 3. 너저분한 삶과 숭고한 죽음

『파괴』는 액자소설이다. 소설이 있고 그 안에 또 소설이 있다. 이중 바깥의 소설은 자살안내원인 작중화자의 이야기이며 소설 안의 소설은 작중화자가 그의 고객들이 죽음에 이르는 과정을 기록한 글이다. 해서 『파괴』는 모두 5개의 장으로 구성되어 있는 바, 이중 1, 3, 5장은 작중화자의 일상사가, 2, 4장은 그의 고객들이 죽음(자살)에 이르는 과정이 서술되어 있다.

『파괴』의 바깥 이야기에서 작중화자는 끊임없이 고객을 찾아나선다. 잡지의 인터뷰 기사를 뒤지고 신문을 보며 또 인사동에 들러서 그림을 보기도 하고 음반가게를 들르기도 한다. 그런가 하면 작중화자가 낸 '당신의 고민을 들어드립니다'라는 광고에 이끌려 전화를 한 사람들과 밤늦도록 대화를 나눈다. 그리고 그중에서 고독해 보이거나 토요일 오후가 되어도 갈 데가 없는 인물들을 예의주시한다. "친족 성폭력의 피해자부터 입대를 앞둔 동성애자, 배우자 몰래 정을 통하는 여자, 남편에게 맞는 여자까지 다양한 번뇌를 가진 이들"과 접촉한다. 이들이 우선 일차적인 고객이다. 작중화자는 이들 중에서 자신의 고독이나 타인의 폭력으로 인한 혹은 자신의 비도덕적 삶으로 인한 정신적 고통과 갈등을 탈규범적으로 해결하려는 여지가 있는 사람을 골라낸다. 그리고 그들의 "무의식 깊은 곳에 감금해두었던 욕망을 끄집어"내어 그것이 자가증식하도록 유도한다. 그러면 "그들의 상상력은 비약하기 시작하고 궁극엔 내 의뢰인이 될 소질을 스스로 발견하게 되는 것이다". 작중화자는 이렇게 자신의 고객을 만나 적당한 자살의 방법을 알려주어 고객의 욕구를 충족시켜준다. 그리고 그들의 자살 혹은 죽음에 이르는 과정을 기록한다. 바깥 이야기는 자살안내자라는 파격적이고 특이한 방식의 삶을 그러나 일상으로 하는 작중화자에 관한 이야기라면 안의 이야기는 바로 자살안내원인 작중화자가 만난 고객들에 관한 기록이다. 말하자면 자기 스스로 자기를 파괴한, 그러니까 자발적인 죽음을 선택하여 말 그대로 압축의 미학을 보여준 숭고한 존재들에 대한 기록이다. 작중화자는 자신의 안내를 받아 자살에 성공(?)하는 열 명이 넘는 고객 중, 유디트와 미미라는 두 여성의 영웅적인 결단과 아름다운 죽음을 특히 아름다운 것으로 기억하고 기록하는 바, 이것이 소설 속의 소설을 이룬다. 이중 우리가 관심을 갖는 『파괴』가 말하고자 하는 바, 그러니까 자살에서 유일하게 성공적인 행위를 발견하는 자살의 윤리학이 집중적으로 나타나는 부분은 작중화자가 "삶의 마지막을 아름다움으로 장식해냈다"라고 평가한 유디트와 미미의 아름다운 죽음에 있음은 물론이다.

『파괴』에 소개된 두 자발적이어서 아름다운 죽음의 첫머리를 장식하는 것은 유디트의 죽음이다. 하지만 유디트의 죽음을 다룬 2장에서 유디트의 죽음은 서사의 주변부에 있다. 오히려 유디트가 관계하는 두 남자, 형제인 C와 K에 서사의 초점이 맞추어져 있다. 해서, 유디트에 대한 정보는 인색하다. 뿐만 아니라 그 인색한 정보마저도 C와 K의 눈에 비친 굴절된 것이며, 또한 구체적인 사실보다는 이미지를 중심으로 제시되어 있어서 명확하지가 않다. 예컨대 이런 식이다. "여자는 그제야 눈을 떠 그를 바라보았다. 정염이 채 가시지 않은 눈동자에선 푸른빛이 났다. 그녀에 대한 첫인상은 클림트의 그림, 〈유디트〉를 닮았다는 것이었다. 아시리아의 장군 홀로페르네스를 유혹하여 잠든 틈에 목을 잘라 죽였다는 고대 이스라엘의 여걸 유디트. 클림트는 유디트에게서 민족주의와 영웅주의를 거세하고 세기말적 관능만을 남겨두었다."(18쪽) 그녀에 대한 정보가 이런 식인 만큼 그녀가 자살에 이르는 과정은 불분명하고 그런 까닭에 대단히 상징적이고 암시적이다. 그러나 그렇다고 해서 그녀를 통해 제시되는 자살의 윤리학까지 불분명한 것은 아니다. 오히려 자기 정체성 없이 순간순간 떠돌아다니는 이미지와 결합하여 자기를 드러내는 그녀의 형상은 현대인의 실존 형식과 매우 근사近似한 것으로 보인다. 또한 그렇게 몇몇 상징들로 암시되는 그녀의 자살을 향한 여정은 자발적 죽음이 지니는 양가성을, 그러니까 현존재의 유일한 희망이면서도 극단적인 절망의 표현이며 강인한 주체성의 현상 형식이자 인간적 유한성의 표지로서의 자발적 죽음이 지니는 양가성을 표현하는 가장 적합한 방식인 것처럼 보이기도 한다. 하지만 사정이야 어떠하건 간에 유디트는 자살 가이드의 도움을 받아 자발적으로 죽음을 선택한다는 것이 중요하며, 또『파괴』는 이 자발적인 죽음을 통해 현존재들의 실존형식을 형상화하고 있다는 점이 중요하다.

『파괴』의 유디트를 어떤 인물이라고 규정하기는 쉽지 않다. 그녀라는 존재가, 특히 그녀의 영혼은 더욱더, 텅 비어 있기 때문이다. 그녀는 뭐랄까 근본적인 결여의 상태에 놓여 있다. 과거도 불분명하고 삶의 이력도 구체적이지 않다. 그러나 이것은 그녀를 구성하는 부수적인 사실일 뿐이다. 그녀를 구성하는 보다 본질적인 것은, 그녀는 자기 삶의 주인이고자 하지 않는다는 것이다. 즉, 그녀에게는 주체성이 없다. 그녀는 자기 영혼의 주인이 되려 하지 않는다. 그러니까 자신의 삶을 스스로 관장하는 대신에 항시 그 권능을 타자에게 위임한다.


기사들과 노래를 부르러 들어간 그 술집에서 세연을 만났다. 한 방에 다섯 명이 들어가서 맥주를 시켰고 세연은 들어와서 과일을 깎았다. 사과 껍질을 벗기는 품이 서툴렀다. 짙은 보라색 아이섀도를 칠했지만 나이는 많아 보이지 않았었다. 한 번도 웃지 않는 여자. 기사들은 화를 냈다. 웃음을 파는 여자가 웃지 않으니 동료 기사들은 그녀에게 욕을 했다. 주인이 왔고 주인도 그녀에게 욕을 했다. 주인에게 끌려나간 후, 밖에서는 따귀 맞는 소리가 들렸다. 잠시 후, 다시 들어온 그녀는 쉴새없이 웃었다. 별거 아닌 농담에도 웃었고 배차 반장을 욕하는 말에도 웃었고 한국 축구가 월드컵에 진출할 거라는 말에도 웃었다. 기사들은 다시 화를 냈다. 미친 년이라는 말도 나왔다. 그 말에도 그녀는 웃었다.(38쪽)

클림트가 유디트에게서 영웅주의와 민족주의라는 이데올로기를 거세시키고 세기말적 관능을 남겼다면,『파괴』는 유디트에게서 이데올로기는 물론 정신이나 영혼까지 거세시키고 그 자리를 텅 빈 공백으로 만들어버린다. 이 근원적인 결여, 그리고 결핍감은 그것을 채우려는 충동을 불러오기 마련, 유디트의 빈자리를 메우려는 충동은 집요하다. 아무 변화 없는 일상에 변화를 주기 위해 매일매일을 생일이라는 기호와 결합시키려 하는가 하면, 그 메울 수 없는 심연 같은 공허를 항시 무언가로 채우려 한다. 그녀는 자신의 텅 빈 공허, 그리고 텅 빈 구멍에 항상 무언가를 채워넣는다. 입에는 항상 추파춥스 사탕을 밀어넣고, 또 다른 입에는 남자의 성기를 넣거나 아니면 손가락을 그것도 아니면 뭉친 눈을 채운다. 무언가를 채워야 하는 이 강박적인 기갈증 앞엔 어떤 도덕도 규범도 무력하다. 하여, 그녀는 처음부터 두 남자와 한 방에 같이 지내며 관계를 맺는 것은 물론 정인의 형을 유혹하여 결국에는 형제 모두와 관계를 이어나가기도 한다. 이 모두가 근원적인 결핍을 메우려는 충동이 빚어낸 행동임은 물론이다.

그러나 유디트의 행동에 결핍을 메우려는 본능적 충동만이 있는 것은 아니다. 그 근원적 결여를 충족키 위한 욕망 혹은 요구에 의해 추동되는 행동도 있는 것이다. 바로 C를 향한 기대와 열정이다. 물론 유디트는 처음에는 C의 동생인 K와 본능적인 관계를 맺는다. 그러나 자신의 근원적인 결여가 충족되지 않음을 거듭 확인한다. 그리고 어머니의 장례식을 마치고 오는 C를 보고 다음날 C를 유혹한다. 그녀는 그것을 '게임'이었다고 표현한다. "처음 너랑 자던 날 말야. 내가 사탕을 먹고 있었던 것 기억나? 난 네가 나를 힐끔거리며 쳐다보고 있었던 걸 알고 있었어. 그래서 게임을 해본 거야. 사탕에 넘어오는지, 아님 그 다음에 넘어오는지, 난 그게 궁금했어. 그래서 마음속으로 내기를 걸었지. 내가 사탕을 다 먹기 전에 네가 넘어오면 너랑 살고, 그 다음 단계에서 넘어오면 K랑 살기로. 어때, 재밌지 않아?"(33쪽) 그렇다고 해서 유디트의 C를 향한 열정을 순수하지 않다고 할 수는 없다. 계기야 어떠하건 상대방을 진정으로 원하게 되는 것은 진정으로 원하는 마음을 먹은 다음부터인 것이다. C 또한 "유디트를 닮은 동생의 여자에게 끌리고 있었"고 "위험한 선택을 하리라는 것을 직감"할 정도의 상황이었으니, 유디트가 그것을 읽었는지도 모를 일이다. 하여간, 유디트는 C를 통해 그 근원적인 결핍을 채우고 또 텅 빈 영혼의 나침반을 삼고자 한다. 해서, 진짜 생일날 자신의 근원인 고향 주문진으로 C를 데려간다. 그곳은 마침 대설로 도로가 마비될 정도의 상태인바, 그곳은 유디트가 한 번 꼭 가보고자

하는 북극을 닮아 있다. 그곳에서 유디트는 진정한 충족, 풍만한 꽉
참의 상태를 경험하고 싶어한다. 하지만 C는 그렇지 않다. 생일이
아니라는 간단한 거짓말을 그대로 믿으며 그 꽉 참의 상태를 동참할
것을 요구해도 그저 형식적이다. 하여, 목을 졸라보라고 해보지만,
그러니까 진심으로 사랑하는지를 확인하고자 해보지만, C는 여전히
형식적이다. C에게 유디트는 아무것도 아니었던 것이다. 그는 유디
트의 근원적인 결여도 모르고 왜 추파춥스를 항시 물고 다니는지도
몰랐던 것이다. 유디트는 마지막으로 목숨을 걸고 기대 어린 항변을
토해낸다.

"왜 사정하지 않지?"

길고 지루한 움직임 끝에 그녀가 물었다. 그제야 C는 자신이 그
녀와 섹스를 하던 중이었음을 깨달았다.

"흥분되지 않아."

"그럼 내 목을 졸라봐. 흥분이 될 거야."

C는 등뒤에서 그녀의 목을 감으며 다시 섹스를 시작했다. 몇 번
쯤 컥컥거리는 소리가 들렸고 그녀가 죽을까봐 불안해진 그는 곧
사정을 했다. 몇 번의 밭은기침 끝에 그녀는 몸을 일으켜 뒷좌석
으로 옮겨갔다.

"넌 평생 아무도 죽이지 못할 사람이야."

그녀가 말했다.

"사람은 딱 두 종류야. 다른 사람을 죽일 수 있는 사람과 죽일

수 없는 사람. 어느 쪽이 나쁘냐면 죽일 수 없는 사람들이 더 나빠. 그건 K도 마찬가지야. 너희 둘은 달라 보이지만 사실은 같은 종자야. 누군가를 죽일 수 없는 사람들은 아무도 진심으로 사랑하지 못해."(44~45쪽)

하지만 이 말에도 불구하고 C는 잠들어버린다. 유디트는 이제 "멀리 다녀왔는데도 바뀐 게 없"음을 분명하게 확인한다. 또한 아무리 멀리 다녀와도 바뀌는 게 없을 것임을 뼈저리게 예감한다. 그녀는 그야말로 짙은 우울에 빠진다. 떠나는 것도 고통이지만 그렇다고 떠나지 않는 것은 더욱 고통인 상황에 처한 것이다. 결국 유디트는 선택의 기로에 선다. 근원적인 결여의 상태를 거짓 충족으로 자위하며 하루하루를 서서히 소진시키며 살아갈 것인가, 아니면 너저분하게 인생을 연장하지 말고 자발적으로 혹은 주체적으로 끝낼 것인가. 이때 홀연 유디트 앞에 유령처럼 자살 가이드가 나타난다. 그리고 그의 자상한 안내를 받아 결국 자살을 택한다.

이것이 『파괴』의 첫번째 아름다운 죽음이다. 여기서 우리는 유디트의 죽음을 두고 한 가지 중요한 점을 지적할 수 있다. 유디트는 단순히 고유명사가 아니라 동시에 일반명사라는 것. 그녀는 자신만의 고유한 역사지리지를 지니기보다는 현대인 전체를 환유하는 기호로 보인다. 텅 비어 있는 영혼을 거짓 충동들로 채워가는 존재들, 그 과정에서 혹여 구원을 꿈꾸지만 그 꿈은 헛된 것일 뿐이라는 것을 확인하고 절망하는 존재들, 그래서 이곳을 떠날 수도 없고 그렇다고 안 떠나는 것은 더욱 고통인 존재들, 그것은 바로 지금 이곳을 살아가는 우리들의 실존인 것이다.

『파괴』에는 유디트의 죽음 외에 작중화자에 의해 아름다운 죽음으로 칭송된 또하나의 죽음의 기록이 있다. 바로 미미의 죽음이다. 유디트가 텅 빈 영혼으로 세상에 떠돌아다니는 기호나 이미지들과 매우 자의적으로 결합하는, 그러니까 큰타자에 일방적으로 예속된 존재라면, 미미는 유디트와는 다르면서도 같고 같으면서도 다르다. 우선 그녀는 유디트와 다른 점이 많다. "세상 모든 것에 흥미를 잃어버린 듯한 유디트와 저렇듯 당당하고 자신만만해 뵈는 유미미 사이에는 외견상 어떤 공통점도 보이지 않았다."(87쪽) 그러나 그럼에도 불구하고 "얼굴은 다소 창백했고 그 창백함 위에 덧칠된 눈화장의 강렬함이 퇴폐적인 미감을 풍겨내고 있"는 품이 "어디에선가 그녀는 유디트를 닮아 있"는 것으로 되어 있다. 하지만 외양이 닮아 있다는 것은 그리 중요하지 않다. 정작 중요한 유사성은 짙은 권태감, 그러니까 죽음의 징후인 것이다.

하여간, 유미미의 생존 방식은 유디트의 그것과 근본적으로 다르다. 유디트의 그것이 텅 빈 영혼의 자리에 타자 혹은 초자아의 권능을 채워넣으려는 인물이라면, 유미미의 그것은 자기 영혼을 자신만의 지성으로 빈틈없이 채워놓고 그 안에 타자나 초자아가 틈입하기를 거부하는 그런 인물이다. 한마디로 유미미는 상징적 질서 혹은 존재하는 규범과의 교섭을 거부한 채 자기 준거로만 살아가는 존재, 그러니까 나르시스트이다.

그녀는 완벽한 배우였던 것이다. 그녀는 한 번도 C 쪽을 바라보지 않았다. 그저 나른한 표정으로 쏟아져들어오는 햇살을 받아내면서 커피를 홀짝일 뿐이었다. 그렇다고 책을 읽거나 핸드백을 뒤적이거나 화장을 고치지도 않았다. 그녀는 통유리창이라는 스크린으로 자신을 투사하는 일에만 몰두하는 것처럼 보였다. 그녀가 하는 유일한 동작은 고개를 숙일 때마다 어깨 앞으로 흘러내리는 풍성한 머리카락을 슬쩍 쓰다듬은 후 어깨 뒤로 넘기는 일이었다.(85~86쪽)

이 소설에서 그녀는 유명한 행위예술가로 되어 있다. 그녀의 유명세는 두 가지 때문이다. 하나는 그녀의 행위예술이 지니는 현장성과 파격성이다. 그녀는 타인이 이미 만들어놓은 규범들과 형식들에 자기를 끼어맞추는 것을 병적으로 혐오한다. 대신 그녀는 그때그때 현장의 분위기를 자기화하고 그것을 통해 그 현장만의 아우라를 만들어내기를 원한다. "퍼포먼스는 달라요. 저는 직접 만나요. 저를 바라보는 사람들의 눈동자 속에서 죽음과 애욕을 보죠. 제가 그날 그들의 눈 속에서 무엇을 보느냐에 따라서 제 작업은 즉석에서 바뀌곤 하죠."(96쪽) 그러므로 그녀의 퍼포먼스는 즉흥적일 수밖에 없으며, 또 그러므로 파격적일 수밖에 없다. 이 파격성이 그녀를 유명한 행위예술가이게 한 첫번째 요인이다.

그녀가 대단한 행위예술가로 칭송받는 또 하나의 이유는 자신의 퍼포먼스를 기록으로 남기지 않는다는 점 때문이다. 그녀는 "원래 촬영을 허용하지 않는 걸로 유명한 여자"인 것이다. 그것은 일차적으로 그녀의 퍼포먼스가 만들어진 그 분위기와 그녀의 퍼포먼스가 만들어낸 아우라가 기술복제에 의해서 훼손되는 것을 저어하기 때문이다. 그녀는 예술은 규범이나 형식들 너머의 실재를 표현할 수 있어야 한다고 믿으며, 오로지 행위예술만이 그 실재, 혹은 살아 있는 아름다움을 대면할 수 있는 예술행위라고 확신한다. 그러니 그런 행위를 기록한다는 것, 복제한다는 것은 그 현장만의 고유한 분위기를 왜곡하는 것이며 소멸시키는 것과 등가로 다가올 밖에. 결국 그녀는 자신의 퍼포먼스를 촬영하는 것을 허용하지 않는다. 절대로.

그러나 그녀가 기존의 규범이나 형식에 의해 자신의 예술이 걸러지기를 거부하는 것은 단지 그녀의 예술관 때문은 아니다. 그것은 그녀의 정신적 외상 때문이기도 하다. 그녀는 고등학교 시절 남들이 거치지 않는 특이한 성장 경험을 하며, 이것이 그녀에게 이미 존재하는 규범들에 대한 병적인 혐오를 가져다준다. 그녀의 경험은 이런 것이다. 고등학교 시절 거의 모든 여학생들에게 선망받는 선생이 자기 앞에서 옷을 벗는다는 자부심에 유부남이었던 선생과 관계를 맺는다. "강간도 아니었고 화간도 아닌 아주 어정쩡한 관계. (……) 지금 생각해보면 그 선생에게 빠져 있었거나 했던 건 아닌 것 같아요. 여자애들에게 인기가 좋았던 그 선생이 내 앞에서 옷을 벗는다는 것. 그런 게 자랑스럽게 느껴졌달까."(98쪽) 그때 나타난 선생의 부인. 선생 부인은 그 상황에서도 다정한 어조를 유지할 정도로 놀랄

정도로 차가웠고, 그 차가움에 그녀는 처음에는 위악으로 그 다음엔 "미친 듯이 지르고 또 지르고 발을 구르며 소리를 치"는 것으로 대항한다. 그래도 선생의 부인은 차분했고 오로지 둘의 관계만 공개되고 만다. 그 국어선생은 학교를 그만두게 되고, 그러자 기다렸다는 듯 모든 비난이 그녀에게 몰려온다. 이후 그녀는 서늘한 타자의 시선이, 그리고 그 타자들이 모여 만들어낸 규범이 얼마나 철두철미하게 전방위적으로 인간의 리비도들을 억압하고 왜곡하는지를 확인한다. 이후 그녀는 선생 부인의 차가움에 아우성으로 맞섰듯, 그렇게 차분하면서도 차가운, 그러니까 냉혹한 모더니티에 몰아沒我의 예술 행위로 맞선다. 그녀는 "정제되지 않고 방출되는 자신의 광기, 폭발적으로 터져나오는 열정의 조각들"을 세상에 흩뿌린다. 그러나 그 질서화되지 않는 혁명적 에네르기들이 기존의 규범에 의해서 자의적으로 재단되고 왜곡되는 것은 참지 못한다. 결국 그녀는 냉혹한 모더니티를 녹이기 위해 혁명적 에네르기를 내뿜으면서도 동시에 그 모더니티의 논리에 포획되지 않을 가능성이 높은 예술을 선택한다. 이런 이유로 그녀는 강렬하면서도 상징적 질서에 포섭되지 않을 예술, 즉 행위예술을 고집하며, 또한 그 행위예술을 촬영이나 사진 등으로 남기기를 단연코 거부한다. 촬영이란 곧 촬영하는 자의 시선에 의해 얼마든지 왜곡·전도가 가능하기 때문이다.

이렇게 줄기차게 차가운 모더니티와 맞서던 그녀는 어느날 자기모순에 빠진다. 자신의 행위예술이 모더니티를 거부하는 것이기는 하나 동시에 그 모더니티에 순응하는 것이라는 점을 발견한 것이다.

그녀는 퍼포먼스를 행하면 행할수록 그것이 냉혹한 모더니티를 거부하는 유효한 방식이라기보다 오히려 그것 자체가 항시 큰타자의 시선에 자신을 가두고 예속시켜가는 것에 불과하다는 사실을 깨닫는다. "십 년이 넘게 해오는 동안 난 내가 진짜 예술을 하고 있다고 생각했었는데 그날 문득 그게 아니라는 생각이 들었어. 단 한 번도 나를 들여다본 적이 없다는 생각이 들더라고. 어디론가 계속 도망치고 있는 기분으로 평생을 살아온 느낌이었어."(111쪽)

이제 그녀 역시 선택의 기로에 놓인다. 이 큰타자를 거부하기 위해 큰타자에 순응하는 이 역설적인 행위를 악무한적으로 반복하느냐, 지금 이곳의 존재들처럼 그냥 큰타자의 명령을 준수하며 살아가느냐, 아니면 큰타자의 틈을 비집고 들어가 자신의 충일한 내면을 지속적으로 유지하면서 사느냐. 그녀가 우선 선택한 길은 세번째이다. 그녀는 이 갈림길에서 우연히 자살 가이드를 만나 죽으려고도 하지만 그렇게 하지 못한다. 아직도 무언가 새로운 활로가 있을 수 있다는 기대감 때문이다. 일단 그녀는 죽음을 유보한다. 그녀는 자살 가이드의 충고에 따라 자신의 강박증적인 금욕주의 때문에 전혀 해보지 못했던 것을 행함으로써 무언가 다른 활로를 찾고자 한다. 이를 위해 그녀가 찾은 인물이 바로 C이다. 그녀는 C를 통해 자신의 퍼포먼스를 비디오에 담고자 한다. 그리고 그러는 과정에서 C에게 연정 같은 것을 느낀다. 그녀는 타인의 시선이 항시 그녀의 실재를 왜곡하는 것이 아닐 수 있음을, 또 그것이 오히려 더 '실재를 더 실재답게 만들어'낼 수도 있음을 확인하고 싶어한다. 그러나 C는 역시 미미의 바람을 철저하게 저버린다. C는 자신이 만들어낸 미미에만 갇혀서 그것을 보고 또 볼 뿐 끝내 미미의 실재를, 그녀의 아우성을, C에 대한 실망과 분노로 점점 더 자발적인 죽음 쪽으로 향해가는 미미의 현존을 외면한다. 결국 미미는 다시 선택의 기로에 놓이고, 이때 그녀가 선택할 길이란 하나밖에 없다. 너저분한 인생을 연장하느니 이쯤에서 자발적으로 인생을 끝내는 것. 그녀는 다시 자살 가이드를 찾는다. 그리고 편안하면서도 고통스럽고 증오하면서도 이해하면서 죽어간다.

이상이 『파괴』의 액자 안에 그려진 죽음의 실체이다. 『파괴』는 이들의 자발적인 죽음에 대한 예찬을 통해 큰타자 혹은 규범에 의해서 조종되고 관리되는 삶만이 가능한, 그래서 한 개인뿐만 아니라 한 사회구성원 전체가 동어반복의 삶을 살아야 하는 모더니티 안에서의 실존 형식을 충격적으로 제시한다. 하여, 우리는 『파괴』의 이 자발적인 죽음과 그것에 대한 예찬을 통해, 어떤 발전도 퇴보도 불가능하게 하여 오로지 장기지속의 상태만을 가능케하는 자본주의적 시간의 위력을 다시 한번 확인하게 하거니와, 이것만으로도 『파괴』의 문제성은 남다르다 할 수 있다.


## 4. 타자에 대한 배려와 윤리적 주체화의 길

하지만 자발적인 죽음에 대한 예찬이 『파괴』의 다는 아니다. 『파괴』에는 차가운 모더니티에 대한 저항으로서의 자발적인 죽음에 대한 예찬뿐만이 아니라 또다른 것도 있다. 그것은 다름아닌 자발적인 죽음에 대한 비판적 태도이다.『파괴』는 자발적인 죽음을 예찬할 뿐만 아니라 그것에 대해 비판적 거리를 유지한다. 특히 자발적 죽음에 대한 비판적 태도는 소설의 후반부로 가면 갈수록 더욱더 짙어진다. 그리하여 초반부에는 자발적 죽음에 대한 칭송을 통하여 소설 공간은 물론 우리 사회 전체를 '자발적 죽음의 향연장'으로 만들어놓고는, 다시 말해 기존의 우리 사회에 대해 희망을 이야기하거나 발전을 이야기하는 모든 담론들을 성공적으로 배제시키고 대신 그 자리에 영원히 지속되는 시간에 의해 작동되는 사회를 만들어놓고는, 후반부에 가면 슬그머니 현존재들을 너나없이 '자발적인 죽음'으로 몰고 가는 이 안타까운 현실에서 인간이 택할 수 있는 의미 있는 길이란 무엇인가를 집요하게 탐색한다. 그렇다고 이 말이『파괴』 전체가 통일되어 있지 않다든가 구조적 결함을 보이고 있다든가 하는 것을 의미하지는 않는다.『파괴』에서 이러한 중심 이동은 한 대상을 바라보는 시각의 차이에 의해서 자연스럽게 이루어지는 것이 특징이며 이는 구조적인 균열과는 아무 상관이 없다. 오히려 이러한 파괴적인 죽음의 예찬에서 그것에 대한 비판적 태도로의 자연스러운 중심 이동은『파괴』의 파괴력을 높인 바로 그 요인이라고 할 수 있다. 만약『파괴』가 일방적으로 '자기 스스로 자신을 파괴할 권리'를 예찬하는 것으로 흘렀다면『파괴』는 인간의 삶을 철저하게 관리, 규율하는 사회에 대한 통렬한 비판으로는 시원스러울지 모르나 그것은 자칫 이 지독한 감시체제를 안으로부터 내파할 방안의 모색이라는 중요한 과제를 덮어버리는 결과를 낳을 수도 있는 것이다. 하지만 『파괴』는 통렬한 비판이 주는 쾌감에 쉽게 빠져들지 않는다. 『파괴』는 아주 지혜롭게 이 사회의 본질이 사회구성원 전체의 삶을 전일하게 동어반복적인 것으로 만드는 것에 있음을 분명히 한 후, 그 연후에 서서히 그것이 가져다주는 불행과 그것을 내파할 가능성을 탐색한다.

물론 『파괴』에 모더니티를 내파할 가능성에 대한 탐색이 있다고 해서 어떤 인물이나 계층, 가치관, 혹은 인간을 구성하는 특정한 요소에게서 희망을 발견하고 그것을 예찬하는 방식을 미리 예상할 필요는 없다. 『파괴』는 그런 익숙한 방식을 취하지 않는다. 예컨대 이런 식이다. 『파괴』에서 자발적인 죽음에 이르는 인물은 두 여성이다. 그녀들이 자신의 삶을 압축하기로 결심하는 것은 다름아닌 더이상 삶을 연장할 경우 그 삶이 너저분한 인생의 연장이 될 것이라는 판단 때문이다. 다시 말해 그녀들이 정작 원했던 것은 매일매일이 새로운 삶, 그리고 존재하는 규범 안과 밖을 넘나드는 충일한 삶이다. 실제로 『파괴』에서 그녀들은 실제로 그것을 원하고 다른 인물들에게 끊임없이 그러한 전언을 전달한다. 하지만 C, K,작중화자인 자살 가이드는 그 전언을 끝내 외면하며, 궁극적으로 그들의 외면이 그녀들을 치명적인 상태로 몰고 간다. 결국 그녀들을 자발적인 죽음에까지 이르게 한 것은 그들의 이 외면에 있다. 더 나가아서는 그녀들의 이 간절한 전언을 끝내 듣지 못하거나 듣더라도 외면한 그들의 내면 풍경인 것이다. 『파괴』는 그들의 이 복합적인 내면 풍경을 정밀하게 읽어내거니와 그를 통해 그들에 대한, 그러니까 지금 이곳을 살아가는 우리들에 대한 매우 섬뜩한 분석을 내놓는다.

앞서 이야기했듯 유디트와 미미를 자발적인 죽음으로 서서히 몰고 가는 인물은 세 명이다. C, K, 그리고 작중화자. 우선 유디트를 죽음으로 내모는 결정적인 인물은 C, K이다. 유디트를 먼저 만난 것은 K이다. K는, 앞서 잠시 살펴본 바 있지만, 기사들과 같이 노래 주점엘 갔다가 텅 비어 있는, 그래서 타인이 지시하는 대로 행동하고 사고하는 유디트를 만난다. 그리고 그녀에게 연민을 느낀 것이다. 이후 그녀와 관계를 계속한다. 그녀는 그를 만날 때마다 생일이라고 하고, 그는 그런 그녀에게 그때마다 성욕을 느낀다. 그저 그뿐 K는 왜 만날 때마다 생일인지, 그렇다면 언제가 정말 정확한 생일인지를 알려고 하지 않는다. 그러다 어느 날부터, 그러니까 어머니의 장례식 다음 날부터 그녀에게서 그의 형 C의 로션 냄새를 맡는다. 하지만 K는 어떠한 행동도 하지 않는다. K의 형 C는 항상 K로부터 무언가를 빼앗아왔기 때문이다. "형이라는 사람. 언제나 모든 것을 가져간다. 그는 그러는 일에 익숙하다. 빼앗는 게 어색하지 않은 사람이 있다. 형을 생각하면 늘 떠오르는 기억들은 탈취의 기억들이다."(39쪽) K는 이러한 패배의식에 사로잡혀 C에게도 유디트에게도 아무런 행동도 표현도 하지 않는다. K는 무슨 일이 생기면 그것을 해결하는 것이 아니라 콤플렉스를 먼저 느낀다. 그리고 콤플렉스로부터 탈출하는 것이 아니라 콤플렉스로 탈출한다. 또 K는 자신을 세 곳 인생에 비유한다. 그에게 그 상태는 출발점이 아니라 도달점이며 더이상 움직일 수 없는 숙명이다. 하여, 그 상태로부터 벗어나기 위한 아무런 노력도 하지 않으며 무슨 상황이 닥쳐도 그 상황에 적절한 대응이나 발전책을 모색하지 않는다. 역시 세 끗 인생이기 때문이다. 현재의 불만스럽고 불안한 안정성을 지키기 위해, 그러니까 현재의 자기를 유지하기 위해 무슨 일이 생기면 콤플렉스 속으로 탈출하여 그 안에 안주한다. 스스로 만든 콤플렉스에 묻혀 모든 사안에 방관만하는 K는 결국 간접적이지만 유디트를 죽음에 이끈다.

유디트를 보다 직접적으로 자발적 죽음으로 이끄는 것은 K의 형 C이다. C는 어머니의 장례식날 동생 K와 섹스를 나누던 유디트가 그 다음날 자신을 유혹하자 그 유혹을 받아들인다. 그녀의 유디트를 닮은 듯한 얼굴과 그녀가 물고 있는 추파춥스가 주는 이미지 때문이다. "그녀는 커피를 다 마시고는 주머니에서 추파춥스를 꺼내 입에 물었다. 처음 몇 분 동안 그녀는 모든 정신을 사탕을 먹는 일에 집중한 것처럼 보였다. (……) 사탕을 먹는 여자를 그는 참으로 오랜만에 만났다. 껌을 씹는 여자를 그는 경멸했다. 껌을 씹는 일에는 아무런 상상력이 필요 없다. 끊임없이 입을 놀리지만 언제나 그 자리로 돌아올 뿐이다. 자신이 원하던 이미지는 저렇듯 오래도록 사탕을 먹는 여자의 모습이었음을 그는 깨달았다."(32쪽) 이유는 또 있다. C는 애써 부인하지만 '장례라는 비일상적인 행사를 마친 탓'에 생긴 '특정한 자극에만 민감해지는 그런 정서적 공황' 상태. 하여간 C는 동생의 정인인 유디트와 관계를 맺는다. 이 관계는 기존의 도덕을 뛰어넘을 정도로 불온하며 정열적이지만 그 안에 사랑은 없어 보인다. 아니, 이는 C에게만 해당되는지도 모른다. 유디트는 이제 누군가를 사랑하기로 했고 마침 그때 강렬히 자기를 원하는 C를 만났으며, 또한 동생의 정인인 자신을 탐한 만큼 그곳에는 사랑이 있다고 믿을 수 있기 때문이다. 사랑이란 어떤 면에서 보자면 도덕적으로는 혹은 의식적으로는 부정하면서도 어쩔 수 없는 것이 아니던가. 여하튼 이 이후로 유디트는 C를 통해서 자신의 고독과 퇴폐, 그리고 권태를 떨치기를 원하게 되고 자신의 진짜 생일날 C를 자신의 고향으로, 그러니까 자신의 근원으로 데려간다. 그곳에서 유디트는 자신의 근원적인 결여를 허구적으로나마 충족시켜주던 추파춥스를 던진 채로 C를 원하지만 C의 반응은 유디트가 예상하던 것과는 다르다. C는 추파춥스에 눈이 찔리는 고통을 당하면서, 그러니까 지독한 죄의식에 시달리며 동생의 여자와 관계를 맺으면서도, C의 유디트를 향한 마음은 어떤 열정도 애정도 없으며 다만 이미지의 매혹에 불과한 것이다. 해서 C는 추파춥스가 없는 유디트에게서 어머니, 곧 생명력이 고갈된 여성의 부패의 냄새를 맡는다. "화장을 마친 그녀에게서는 사과 냄새가 났다. 염을 끝낸 어머니의 시신에서도 사과 냄새가 풍겼다. 사과는 부패하면서 진한 향기를 풍긴다."(35쪽) 결국 C는 목을 조르는, 생사여탈권을 맡길 정도로 C에게 마음이 있다는 유디트의 마지막 전언마저도 듣지 못한다. 따라서 유디트가 눈 속에서 사라지자 "어머니의 장례식날 동생과 섹스를 하던 여자를 찾아서 이렇게 눈밭을 헤쳐나가는 자신의 모습이 혐오스러워지"는 것을 느끼는 것은 오히려 당연하다. 그리고 결국 C의 이 철저한 외면은 유디트를 죽음으로 내몬다.

C가 죽음으로 내모는 것은 유디트뿐만이 아니다. 유미미도 마찬가지로 C의 외면에 의해서 죽음으로 내몰린다. 그러니까 어떤 측면에서 보면 『파괴』에서 진정한 자살 가이드는 바로 이 C인지도 모른다. C는 어느날 유미미를 만난다. 그리고 자신만을 응시하는 그녀에게 매혹을 느낀다. 그리고 그녀의 행위예술을 자신의 카메라에 담고 싶다고 요청하여 허락을 얻어낸다. 그 요청은 실로 절박하고 절실하게 느껴지는 바가 있다. 그러나 유미미와 C의 만남은 실제로 이제까지 자신이 살아왔던 것과 다른 삶을 살고 싶다는 그녀의 만남 때문에 이루어진 것이었고, 때문에 그녀는 C의 간절한 요청에서 규범 바깥의 삶의 방식으로 인하여 이제는 생활이 된 자신의 고독으로부터 벗어날 수 있는 가능성을 발견한다. 해서, 만남 이후 유미미는 C에게 끊임없이 여러 전언들을 보낸다. 처음 자전거를 배울 때 누군가 뒤에서 잡아주듯이 자신을 잡아달라고, 혹은 잡아주지 않았더라도 누군가가 잡고 있다는 생각에 홀로 설 수 있듯이 그렇게 자신의 뒤에서 자신을 봐달라고. 또는 카메라에 포착된 화상으로만 자기를 보지 말고 그 너머의 자신의 실재를 보아달라고. 하지만 C는 카메라 렌즈에 온 신경을 집중시키려 애쓴다. 그러한 금욕주의적 외면 끝에 "세계와 자신, 오브제와 렌즈, 그가 만나왔던 여자들과 자신, 그들 사이에 놓인 강을 결코 좁히지 못할 것이라는 비감한 절망"을 깨닫지만 이 절망 역시 곧 자기합리화로 덮어버리고 만다. "나이 서른이 되

면 사랑도 재능인 것을 발견하게 되는 것이다"라고. 그래도 미미는 포기하지 않는다. 미미는 자신을 담은 C의 설치 예술품 앞에서 마지막 퍼포먼스를 펼치고 나서 마지막으로 자신의 자발적인 죽음을 노골적으로 암시하지만, C는 역시 미미를 잡는 대신에 자신이 찍은 미미를 돌려보고 또 돌려본다. 결국 C는 이렇게 또 타자와 소통하고픈 미미의 간절한 염원을 등지거니와, 이 외면은 결국 또 한 명의 자발적인 죽음을 가져온다. 너저분하게 삶을 연장하지 않기 위해서 미미가 할 수 있는 일은 오직 하나, 자발적인 죽음이었던 것이다.

유디트와 유미미를 마지막으로 자발적 죽음으로 몰아넣는 존재는 다름아닌 자살안내원 즉 작중화자이다. 그는 "미미는 멋지게 떠났다. 유디트는 편안하게 갔다"고 말하지만, 그것은 어디까지나 그녀들의 고통과 염원의 한 면만을 본 결과이다. 이 자살가이드는 스스로 너저분한 인생을 단지 연장하는 자들의 말을 들어주고 그들의 감추어진 욕망을 외화시키는 분석가로서의 성격이 짙지만, 그렇다고 그녀들의 욕망을 모두 꺼내주고 그것 사이에서 판단을 하게 하지는 않는다. 그는 저 무의식 안에 감추어진 한쪽 욕망, 그러니까 죽음충동을 집요하게 밖으로 드러내는 대신에 타자와 조화를 이루거나 아니면 주어진 규범과 실재 사이를 오가며 균형을 잡고픈 욕망은 가치없는 것으로 전락시킨다. 하여, 결국에는 그녀들에게 나름대로 충일한 삶의 형식을 찾을 것을, 그것은 힘들더라도 가능함을 권유하는 대신에 죽음으로 몰아간다. 그리고 그들의 주검 앞에 아름다운 죽음이었다는, 인간은 자기 자신을 스스로 파괴할 수 있는 권리가 있고 그 권리를 행사할 때 가장 아름다운 만큼 그녀들이야말로 최상의 삶을 산 것이라는 조사를 남기지만, 그것 역시 타자의 또 다른 고통과 염원을 외면한 채 자신의 세계만을 고집하는 나르시시스트의 허위의식의 산물에 불과하다.

결국 『파괴』는 유미미와 유디트를 자발적인 죽음으로 내몬 요인으로 타자의 실재를 보지 않으려는 자기중심적인 시선과 시민적 냉정함을 들고 있다. 그것이 사람들과 사람들 사이의 진정한 관계를 불가능하게 하며 동시에 사회구성원 전체의 삶을 동어반복적인 것으로 만든다는 것이다. 『파괴』에 따르면 누구를 만나도 같은 상황이 반복된다. K는 항상 콤플렉스 안으로 탈출하여 타자와의 소통을 회피하며, C는 자신이 만들어낸 이미지로 상대방을 보기 때문에 항상 누구에게서나 유디트를 발견하며, 작중화자는 현존재들에게 오직 죽음충동만을 읽어낸다. 이 반복은 문득 그들을 권태롭게 한다. 하여, 그들도 역시 그녀들이 죽을 때 만났던 그 시그널을 만나게 된다. "왜 멀리 떠나가도 변하는 게 없을까. 인생이란."

이렇게 보면 『파괴』에 나오는 자발적인 죽음을 행한 자들과 그들을 그 상태로 몰아넣는 자살안내자들은 이 시대를 살아가는 우리들의 자화상이다. 그렇게 우리는 우리를 비워놓은 채 큰 타자의 규범에 의해 일방적으로 이끌려가거나 아니면 그렇게 만들어진 허구적인 환상체계 안에 갇혀 타자와의 소통을 거부하고 외면한 채 냉정하게 살아가고 있는 것이다. 그러므로 우리는 한편으로는 유디트이고 유미미이며, 다른 한편으로는 C이고 K이며 자살안내자이기도 하다.

그리고 지금처럼 주체를 상실한 채 살아간다면 우리는 바로 우리 곁에 있는 자살안내자들을 만날 것이며, 그들에게 이끌려 죽음의 문턱으로 갔다가 다시 돌아오기도 할 것이며, 그러다가 결과적으로 아무 흔적없이 소멸하고 말 것이다.

그러므로 다음의 장면은 마치 얼마 앞의 우리 모습을 옮겨놓은 것같이 불길하며, 이런 점에서 보자면 『파괴』는 우리 시대의 오감도이자 묵시록이다.

이 글을 보는 사람들 모두 일생에 한 번쯤은 유디트와 미미처럼 마로니에 공원이나 한적한 길모퉁이에서 나를 만나게 될 것이다. 나는 아무 예고 없이 다가가 물을 것이다. 멀리 왔는데도 아무 것도 변한 게 없지 않느냐고. 또는, 휴식을 원하지 않느냐고. 그때 내 손을 잡고 따라오라. 그럴 자신이 없는 자들은 절대 뒤돌아보지 말 일이다. 고통스럽고 무료하더라도 그대들 갈 길을 가라.(119쪽)

**개정판 작가의 말**

나는 스물여섯에 작가가 되었고, 스물일곱에 첫 책을 냈다. 그 첫 책이 바로 이 소설이다. 문학계에 나왔을 때, 아는 사람은 책에서 본 작가들밖에 없었다. 선배 작가들을 어떻게 대해야 하는지 모르고 아무에게나 '씨'를 붙여 불렀다. 예의를 몰랐다. 막돼먹은 신인을 그래도 다들 잘 참아주었다. 아마 첫 책의 제목이 『나는 나를 파괴할 권리가 있다』여서였을 것이다. 뭔가 위험한 놈이니 건드리지 말자고 묵시적 공감대가 형성되었을 것이다. 출판사 공모전에서 상을 탄 덕분에 훌륭한 선배 문인 세 분으로부터 심사평을 받을 수 있었는데, 잘 읽어보니 '이상한 놈이 나타났다'라는 뜻인 것 같았다.

자기를 신이라 믿는, 과대망상에 빠진 듯한 화자가 소설을 끌고 가는 데다가, 다른 인물들도 이전의 한국 문학에서는 보기 힘든 유형들이어서, 심사위원들로서도 어떻게 써줘야 할지 좀 난감했을 것이다. 이제는 내가 그 심사위원의 마음이 되어 스물일곱의 내가 쓴 소설을 다시 읽고 있다. 그리고 나 또한 그들처럼 난감하다. 이 소설은 도대체 어디에서 왔단 말인가. 그리고 이것을 쓴 작가는 누구란 말인가.

그때는 지금과 달리 이십대가 무슨 생각을 하고, 뭘 하는지 온 사회가 관심이 지대했다. 이십대는 컴퓨터를 다룰 줄 알고, 네트워크에서 익명으로 소통을 하며, 유럽에서 온 난해한 영화들을 좋아하고, 돈을 모으면 해외로 배낭여행을 떠나는, 신인류로 생각되었다. 그들이 뭘 쓰든, 뭘 만들든 다 호기심을 가지고 지켜봐주었다. 그런 시대의 기운이 이 소설의 갈피갈피마다 스며있다.

출간 당시 수상소감은 이랬다.

고백하자면 나는 여태까지 한 번도 글을 써서 상을 받아본 이력이 없다. 초등학교 시절부터 대학교 시절까지 글 또는 문학이란 그저 먼 나라 이야기였을 따름이었다. 그 먼 나라에 내가 와 있다는 느낌이 사실은 좀 낯설다. 그러나 그 낯설음이야말로 그간의 내 삶을 지탱해온 힘이었다는 사실을 나는 잊지 않고 있다. 아마도 초등학교 시절부터 시작된 잦은 이주의 경험 때문일 수도 있겠다. 돌이켜보건대 그 시절의 나는 언제나 어디론가 떠날 채비를 하고 있었던 듯싶다. 전학을 가고 보면 모든 게 달랐다. 구슬치기, 딱지치기의 규칙부터 생소했다. 그러나 가장 적응하기 힘들었던 것은 그 지방의 방언이었다. 화천에서 대구로, 광주에서 진해로, 다시 양평으로 떠도는 동안 생경한 언어들은 끊임없이 나를 괴롭혔다. 그 시절의 경험 때문에, 나는 어디에도 쉽게 적응하지만 결코 스며들지는 않는 사람이 되어갔던 것 같다. 언젠가 떠날 곳이라는 인식은 사람을 방관자로 만든다. 그리고 다른 어딘가를 그리워하거나 동경하는 몽상가로 만든다.

구릿빛 피부의 시골 아이들이 자치기를 하거나 축구를 하며 놀고 있을 때, 나는 그들의 마을과 멀리 떨어진 사택에서 이야기를 지어내며 하루하루를 보냈다. 그들이 골키퍼라도 시켜주었더라면 아마 내 인생은 조금 달라졌을지도 모르겠다. 어쨌거나 뒤늦게 시작한 소설쓰기 덕택에 나는 내 몽상가 기질과 역마살을 모두 만족시킬 수 있게 되었다. 소설쓰기는 나로 하여금 꿈을 꾸게 하고 그 꿈 속에 살게 하고 그 꿈으로 다른 사람과 소통하게 만든다. 고마운 일이다.


지금 다시 읽어보니 그때의 내가 스스로를 '역마살'을 가진 '몽상가'로 생각하고 있었다는 것을 알 수 있다. 지금도 그 생각이 크게 달라지지 않은 것을 보면, 그 이후로 '생각한 대로 살'아온 것일 수도 있고, 아니면 스물일곱의 내가 꽤 정확하게 자신을 파악하고 있었을 수도 있다. 첫 출간 후 10년이 지난 시점에도 이 소설은 꾸준히 읽히고 있었다. 문학동네에서 개정판을 내자고 해 새로운 표지와 장정으로 다시 냈다. 그때 또 '작가의 말'을 썼다.


1998년 이 소설이 프랑스에서 출간될 무렵, 프랑스의 편집자는 내게 이런 질문을 보내왔다. "이 소설은 혹시 당신 내면에 숨어 있는 살해 충동의 문학적 표현입니까?" 이 질문은 이렇게도 읽혔다. "혹시 다른 누군가를 죽이고 싶은 충동에 사로잡혀본 일이 있습니까?" 이 책을 내고 수많은 인터뷰를 치렀지만 이런 식의 질문은 처음이었다. 무언가 들켜버린 느낌이었달까.

나는 기억한다. 그 무렵 나는 스피드에 중독돼 있었다. 경부고속도로에서 중앙분리대를 들이받고 몇 바퀴를 회전한 일도 있었고(경적을 울리며 나를 추월하는 한 승용차를 들이받으려 했던 것. 그러나 살해(혹은 자살)에 실패하고 내 차만 핑그르르 돌아버렸다. 시속 150킬로미터 언저리였다.) 서울 도심에선 함정단속을 벌이던 경찰차와 추격전을 벌인 일도 있었다. 또 앞으로 영원히 변하지 않을 것 같은 시스템을 저주했고 정치적 무관심을 적극적으로 옹호했고 일하지 않을 권리, 게으를 권리를 찬양했다. 국가가 개인의 환각에 개입하는 것에 반대했으며, 아니 사실은 국가가 하는 모든 일에 저주를 퍼붓고 있었다. 선거 참여를 독려하는 모든 진영을 조소했으며 야당과 시민단체도 거기에서 예외는 아니었다. 그러면서도 얌전히, 선량한 시민으로 그 정체를 감추고 살고 있었다. 골초였고 매일 밤 술을 마셨다. 마셨다 하면 며칠 동안 마셨다. 말하자면 그때의 나는, 죽어도 좋다, 고 생각하고 있었던 게 틀림없다. 그러니 세상이야 어찌되든 알 바가 아니었던 것이다. "다음 세대에게는 더 나은 나라를 물려주자" 같은 구호는 엿이나 먹으라고 생각했다. 그렇지만 자살을 결행할 만큼 독하지는 못했으므로 일종의 정치적 자살을 결심하고 골방에 틀어박혀 이상한 소설들을 써대기 시작했다.

그렇게 쓴 소설들이 세상의 주목을 받고 결국 나를 지금과 같은 직업 소설가로 만들었다는 것, 이런 게 바로 인생의 아이러니일 것이다. 1996년에 나온 이 소설이 벌써 열 살이 되었다는 게 가끔 믿기지 않을 때가 있다. 책에도 나름의 운명이 있다더니, 이 책이야말로 그 말에 어울린다. 처음에는 주인공의 직업 때문에 판타지라는 말도 들었다. 존재한 적이 없으며 앞으로도 나타나지 않을 직업이라는 점 때문이었다. 그러나 1999년에 일본에서, 그리고 그 얼마 후, 한국에서 자살청부업자들이 체포되었다. 환상은 현실이 되었다. 화제에 비해 많이 팔리지 않았던 이 소설은, 그러나 매년 2, 3쇄씩 꾸준히 찍으며 생명을 연장해가더니 어느 샌가 20쇄를 넘기고 이렇게 새로 장정을 꾸며 판을 찍게 되었다. 그리고 나는 그 후로 다섯 권의 소설책을 더 낸 삼십대 중반의 건실한 작가가 되었다. 이제는 어떤 도로에서도 과속하지 않는, 감시카메라와 과태료 고지서를 겁내는 아저씨가 되었다. 내 자동차에 달려 있는 GPS 네비게이션은 내가 길을 잃거나 과속하지 않도록 언제나 나를 보살펴준다. 위성들이 신을 대신하여 우리를 굽어보는 세계에서 나는 여전히 쓰고 있다. 그동안 몇 번이고 이 소설을 개작하려 했지만, 완성도 높은 매끄러움보다는 집필 당시의 거칠고 도발적인 질감이 이 소설에는 더 어울리는 것 같아 가벼운 손질로 만족하곤 하였다. 이번 판에도 큰 변화는 없을 것이다. 그러나 읽는 이들이 바뀌었으니 아마도 그때그때 전혀 다른 소설로 받아들여질 수도 있을 것이다.

소설에도 영아사망률이라는 게 있다면 우리나라는 거기에서도 아마 세계적 수준일 것이다. 그런 나라에서 사춘기로 접어드는 소설의 작가가 된다는 게 스스로 대견하기도 하고 또 낯설기도 하다. 이미 내 품을 떠난 이 소설이 앞으로도 제 갈 길을 잘 개척해 나가기를 빈다.

수상소감 때와는 확연히 다른 분위기가 느껴진다. '건실한 작가'가 된 이후의 자신감이랄까. 자기파괴적 욕망에 사로잡혀 있던 10년 전을 언급하기는 하나, 그걸 입 밖에 내서 말할 수 있다는 것부터가 그런 상태로부터 어느 정도 벗어나 있다는 것을 의미한다. 그리고 이때쯤이면 스스로를 '직업 소설가'로 분명하게 규정하고 있다. 프랑스에서 자기 책이 번역 출간된 것을 자랑하려는 마음도 엿보인다. 다시 보니 민망하다. 프랑스 혁명가가 살해되는 장면을 그린 프랑스 화가의 그림으로 시작하는 소설이 프랑스에서 꽤 좋은 반응을 얻은 것이 신기하기도 했었다.

그리고 그때로부터 또 시간이 많이 지나 이제는 2022년이다. 문장을 다시 가다듬고, 오랫동안 마음에 걸렸던 부분들도 수정하여 개정판을 내게 되었지만, 이제는 이 소설에 대해 저자로서 뭘 더 쓴다는 것이 적절하지 않은 것 같다. 이 소설은 한 시대의 산물이고, 세상에 나가 독자를 만난 지도 오래되었기 때문에 이제는 어느 정도 공공재처럼 느껴진다. 그래도 책장에 꽂혀 있는 책을 가끔씩 꺼내 들춰볼 때마다 내 마음 속에 사라지지 않는 하나의 질문이 튀어나온다. 그때의 너는 누구였으며, 도대체 왜 이런 글을 썼던 것이냐. 작가로 살기를 그만두지 않는 이상, 언제까지나 이 질문을 피할 수 없으리라는 예감이 든다. 나는 내가 완전히 다른 사람이 되었다고 믿지만, 새로 낸 소설들 어디에선가 문득 이 소설에서 비롯했음이 분명한 무언가를 발견하곤 하고, 그럴 때마다 나는 내가 믿는 것과는 다른 사람이고, 스물여섯의 내가 아직도 사라지지 않은 채 내 안에 살고 있다는 것을 깨닫게 된다.

2005년의 바람, '이 소설이 앞으로도 제 갈 길을 잘 개척해 나가기를' 빌던 그 소망은 이미 이루어졌다. 저자로서 더 바랄 것은 없다. 그동안 읽어준, 그리고 앞으로 읽어줄 독자들에게 그저 감사, 또 감사할 따름이다.


2022년 김영하

소외, 권태, 자기파괴를 예술적 창조로 승화시킨 이 차디찬 소설은 영어로 번역된 김영하의 첫번째 소설이다. 소설 속 암울한 서사들은 죽음의 향연을 묘사한 명화의 이미지들, 그리고 세이렌의 목소리처럼 유혹하는 서술자의 절제된 오케스트레이션에 의해 매끈하게 액자화된다. 충격적이지만 빠져들 수밖에 없는 작품. **커커스리뷰**

김영하의 스타일은 카프카적이면서 동시에 영화적이다. 또한 생의 무가치함과 왜소함을 주장한다는 점에서 철학적으로는 카뮈와 사르트르에 닿아 있다. 이런 주제는 소설을 와해시킬 수도 있을 만큼 강력하기 때문에 신인 작가가 다루기에는 위험한 영역이다. 하지만 김영하는 모든 것을 한국의 도시 풍경 속에 훌륭하게 녹여낸다. 독특하게 고풍스러운 니힐리즘, 이것이 한국식 느와르다. **로스앤젤레스타임스**

소설의 화자는 익명의 소설가다. 그리고 그의 또다른 직업은 자살안내인이다. 생의 피로에 찌든 사람들은 소설가-자살안내인의 세심한 조언에 따라 자유롭게 스스로를 파괴한다. 그의 고객들 가운데 특별한 사연을 지녔던 인물은 사후에 그가 쓰는 소설 속에서 부활한다. 이런 이야기가 한국 독자들을 충격에 빠뜨리고 외국 독자들을 유인하는 것은 전혀 놀랍지 않다. 소설이 한국에서 처음 출판되었던 10년 전 김영하는 한국 문단의 '슈팅스타'인 동시에

'스캔들'이었다. 그는 동아시아의 전후 문학, 이념 문학과 결별을 고한 세대이고, 스스로를 세계화된 거대도시의 코즈모폴리턴으로 자각하는 그룹에 속한다. 『나는 나를 파괴할 권리가 있다』는 지독하게 암울한 소설이지만, 그것이 쓰인 방식은 찬란하다. **크리스토프 폰 운게른-슈테른베르크Christoph von Ungern-Sternberg, 벨트암존탁**

의미심장한 주제, 다면적 서사, 변화해가는 인물들. 정교하고도 섬뜩한 감각으로 세기말 인간실존의 소외효과를 탐구한 이 소설은 모든 면에서 확고하게 문학적인 성취를 이뤘다. **엔터테인먼트위클리**

무수한 함의가 압축된 기묘한 소설. 김영하의 작품은 진실, 죽음, 욕망 그리고 정체성에 관한 자의식적 문학적 탐구다. **퍼블리셔스위클리**

김영하의 이 첫번째 장편소설은 1990년대 한국에서 처음으로 부상하는 새로운 세대, 풍요로워진 경제사회 속에서 자유를 누리는 동시에 그로 인해 방향성을 상실해 혼란에 빠진 인물들을 그리고 있다. 작가의 시종일관 암울하고 냉정한 목소리, 군더더기도 흔들림도 없는 무표정에 어느새 넋을 놓고 빠져들게 된다. **북리스트**

김영하의 소설은 놀라운 상상력, 비범한 창의력, 그로테스크한 이미지로 가득하다. 컴퓨터 게임처럼 유기적으로 얽히며 쌓여가는 이야기들은 독자를 즐겁게 그리고 동시에 당황하게 만든다. **리더스코리아 리터러리매거진**

꿈이거나 영화 같은 소설, 김영하가 한국 문학을 이끄는 젊은 거장임을 확신하게 만드는 탁월한 작품이다. **굿리즈**

나는 나를 파괴할 권리가 있다
ⓒ김영하 2022

1판 1쇄  2022년 5월 23일
1판 3쇄  2022년 9월 16일

지은이  김영하

펴낸곳  복복서가(주)
출판등록  2019년 11월 12일 제2019-000101호
주소  03707 서울특별시 서대문구 연희로11다길 41
홈페이지  https://www.bokbokseoga.co.kr
전자우편  edit@bokbokseoga.com
문의전화  031) 955-2696(마케팅)  031) 941-7973(편집)

ISBN  979-11-91114-07-2 04810

**구판 정보**
문학동네(1996년,  2005년,  2010년)